U0018652

共生虫

村上龍

Ryu Murakami

張致斌——譯

龍的希望

——摘自新井一二三《可愛日本人》

《共生虫》問世後不久，九州有個十七歲的「引籠」少年，揮刀劫持長途汽車，殺傷了多數乘客，他也有電腦，在網路上被嘲笑欺負以後，決定做出大事情讓人家對他另眼相看。

小說兩年前開始連載（1998年），當時很少人注意到「引籠」問題。作者似乎預言了社會現象，但並不是第一次，他掌握社會脈搏比誰都精準。

《共生虫》引用很多網路文章，是作者憑空想出來的，看起來卻異常逼真。後來有人把小說裡出現的網站以及電子郵件複製在網路上。那就是「www.kyoseichu.com」，從三月到八月，半年內總共有兩百萬人訪問了這網站。他們後來收到「上原」等書中人物來信。當然是早就編製好的，但還是引起不少人懼怕。現實和虛擬世界越來越難分……

【推薦】

這個屬於共生虫的時代

作家　馬欣

打開網路，拉開一道門，像一個布衣櫃的拉鍊一樣，體內近乎有著鑽出胎衣的快感。一個少年就捨去了他真實的名字與身分，進入他認為浩瀚的網路世界，即使他的家人硬要將他拉回現實世界，拉出的也是類似布偶式的人，家人不知道原來的那個人已經消失了，原來那名字只出現在小說一次，他自稱「上原」般地重生在「另一頭」。

網路新移民的殺戮

一般人是以現實世界的自我認知，來進入網路世界，而「上原」是從虛擬世界中再回到一般人認知的現實社會。因此，他與其他人對「真實」的認知是完全相反的，從網路回返的「他」，看到的家人只是「人偶」，一點真實感也沒有，於是他即便殺了家人，他也像在電玩中破除障礙一樣，絲毫沒有情感上的負擔，從一開始與家人的疏離隔閡，後來看到的母親如同人形立牌一般，只能以「那個女人」來形容。

村上龍在這本書中完全以「冰鎮」的文字溫度，抽離了主角的扭曲身分，如同將其放在另一個培養皿裡，看著這男孩的內在「變形」，同時藉由主角，讓我們放大看到了現實世界與網路自我，可以如斷崖般的差距。若跳脫主角的視野來看，現實的不真實感對某些人來講是可以如此強烈的，人們有自己的角色需要套入，那有種面具感的世界，你說有多「真實」？的確是一念之間，而網路則向鑽地洞一樣，代號「上原」的主角，在裡面爬進了「暗網」，進入一個「地下社會」，「那裡」早有人以不同代號生存著，而那裡同樣有著「暴力」，但失去了法律嚴謹的約束，使得那裡的暴力更加赤裸無忌憚，如同《蒼蠅王》的頭目附著在暗網之中，而在那裡的「上原」也像《蒼蠅王》在臉上塗抹戰爭標記的男孩，準備在這原始的新天地開發出自己的勢力。

自我意識增強而發病

簡直像當初美國還被視為「新大陸」一樣誘人，一群人在那裡「重新開始」，回歸人類原始的暴力與統治慾望，雖然是在虛擬世界發生，但也是人類歷史的重演，美國在成為新大陸與黑暗大陸時，燒殺擄掠的歷史被文明掩蓋，但人性的火苗仍在燃燒著，後來甚至這黑暗大陸被視為新的文明指標。這本書是村上龍在二〇〇〇年的作品，當時他以上網還需數據機的年代，就已寫出了人類精神上的移居，以及網路對某些人的難以抵抗性，它將成為另一個「國度」，而人們即將在其中競逐新的領袖。書中寫著：「要不是網路，不論崎村或茂源都不會發病吧，隨著自我意識增強而開始無法忍受網路交流後，原本就有病態潛在因子的人很快就會發病。一旦染上網路病，只要上了網就無法擺脫那種病態。」

另一個國度，出境後難以回返

他更點出：「在網路上，大家都不知道什麼叫正常的應對。」只有附著在群體的應對，個人的發話權跟現實世界不同，網路上的語言是黏著性高的觀風向語言，而語言影響思考方式，於是它逐漸會劃開現實世界的玩法與規矩，成為另一種組織與階級思考，這對適應不良的「上原」來說，開始起了「新移民」的征服慾望，但身在其中的登錄個體是無法察覺自己只是網上的「共生虫」之一，密密麻麻的網上系統有難以估計數量的共生虫，且如蜘蛛網一般，日久依附感難以拔除，因為從「現實社會」逃出或切割出的自己日漸壯大，而那個「虫」正如村上龍所指，是自我意識增強的自戀感所餵養而成。

掌握集體的現實才能思考未來

「共生虫」不只是主角在生活中產生的幻象，經由與祖父同房的老人竄入到他體內，那是個現實感稀薄的引子，而隨著這「線索」，他找到了另一個自己可以存在的「假設」，這假設聽起來極端的荒誕，但在可以或鼓勵「自戀」的前提下，它可以在網路上壯大，遠近兩個角度都可以看到數千萬個共生虫，不只在「上原」內心，也在各重度使用者找到新的沃土。

這表面上是很殘忍的小說，但正如村上龍所言：「如果無法正確掌握現實，就無法思考未來。」他在後文時提到了「希望」，那不是「上原」的希望，而是思考未來的「希望」，無論是對現實的僵化，還是另一個世界漫布慾望的虫網，個人從中認清、進而求生的希望。

關於馬欣：長期觀察文化現象，興趣是嗜讀人性，曾擔任金曲獎、金音獎、海洋音樂祭評審等，文化評論與專欄文字散見於各媒體。著有《反派的力量，有你避不開的自己》《當代寂寞考》《長夜之光：電影擁抱千瘡百孔的心》。

1

上原心裡藏著祕密。

中學一年級的時候，因為與負責診治的精神科醫生談話時受到嘲笑，之後就不和任何人說話了。那件事他也決定絕對不要告訴父母。上原出生於東京與埼玉交界附近一個中型都市，並且在那裡長大。家中有五口人，雙親和一個哥哥、一個妹妹，他們全都是平凡的人。

父親在東京都內一家有潛力的大型建設公司負責會計方面的事務工作；母親喜歡俳句，是個極其普通的女人。年長兩歲的哥哥進了埼玉縣一所以棒球知名的高中，升上二年級後成為先發游擊手，可是最後卻沒有打進甲子園，混了一所爛大學，然後靠父親的關係進了市公所工作。哥哥後來加入了市公所的球隊繼續打棒球。小四歲的妹妹念了短大，可是上原懷疑她可能還是處女。不論是臉蛋、身材或是打扮都很土氣，而且具有對於異性不積極的人的特質，邋遢。

上原在中學二年級的時候不再去上學，被母親帶著走訪精神科醫院和各種機構，最後在自家附近找了間公寓把自己關在裡面。雙親似乎已經放棄了上原。最後一次見面時，哥哥說以後就當作這個世界上沒有上原存在。妹妹雖然偶爾會來，但都不和上原說話，只是將披薩或蛋糕放進冰箱就立刻回去了。父親已經整整兩年沒見過面了。母親每個禮拜會送一次食物來，清洗骯髒的衣物，對完全不開口的上原講講宗教的事或讀過的書，然後才回家去。

母親和妹妹最近都不再叫上原的名字了。對於雙親所取的名字，上原自從輟學之後就自行拋棄了。即使聽到有人叫那個名字也不回應，那就是隱居的前兆。那一陣子的事情上原都不太記得了。自己從出生至今的事情，在上中學的時候就決定要全部忘記了，再加上最近服用了醫生開立的抗憂鬱劑，腦袋經常昏昏沉沉的，記憶這種東西彷彿已經完全消失了。

大約在三個禮拜前上原表示對電腦有興趣，母親很高興，交代他要瞞著父親，並且立刻去買了一部普及型的筆記型電腦。上原拜託業者幫忙連接網路，並且取得了電子郵件信箱。

上原之所以開始想上網，是因為對一個名叫坂上美子的電視新聞主播感興趣，而且曾經在某本雜誌上看到她擁有個人網站的消息。如果光臨我的網站留言或是寫信來，我就會回信噢，坂上美子這麼說。

剛開始不去上學的時候，幾乎整天都在打電動玩具。後來終於被帶去看精神科醫生，經診斷為憂鬱症。開始服藥後，一面盯著電視螢幕一面持續按搖桿按鈕就變得很辛苦，於是就不再打電動玩具了。休學的時候也是這樣，原本持續的事情一旦終止，連他自己都搞不清楚為什麼以前竟然會一直持續這麼做。

知道坂上美子這個人不過是最近的事情。是偶然在電視上發現的。當上原拖著因為藥力而無法活動自如的身軀去沖澡、擦拭身體的時候，她出現在電視上。這個人叫做坂上美子噢，母親說，於是上原就知道了這個名字。看到上原緊盯著電視螢幕，母親便問是否喜歡這個人，他點點頭，母親又說：那我下個禮拜幫你買她寫的書和有她的專訪的週刊好了。坂上美子的書字體大還不打緊，內容又盡是些外國的事情，讓他完全提不起興趣，沒法讀下去。

就如同一般的網站，坂上美子的網站也是以她的日記為主，除此之外還有任何人都可以發表的留言板，其中討論的議題包括中東情勢、東南亞通貨震盪、愛爾蘭問題、基因治療與操控、環境中汙染物質的問題等等，完全符合對於國際問題、尖端科技採強烈批判態度的新聞主播形象。坂上美子本人的電子郵件信箱也公布在上面。不過上原認為公開的信箱只是供一般人使用，坂上美子應該另有私人信箱才對。公開的信箱想必有大批支持者寄信過去，她本人根本就不可能一一回信。運氣好的話，大概會收到「謝謝你的來信，請繼續支持我噢」這類的回信吧。可是，收到這種客套的回信也沒什麼用，上原心想。因為他想與坂上美子談的事情與那個祕密有關，就算將信寄到公開的信箱，可能也沒有什麼意義。

上原之所以對坂上美子感興趣，不只在於她眼角上吊的嚴肅長相以及每次必穿的招牌紅色套裝。不知什麼原因，上原自幼就對眼角上吊鼻子高挺而又尖下巴長相嚴肅的女性感興趣。或許是和母親柔和平穩的相貌相反的緣故也不一定。自從隱居在家裡之後，上原日常就逐漸感覺不到性慾了。即使在深夜的電視節目或是雜誌上見到女人的裸體，雖然知道那是女人的裸體，但是那些女人為什麼要赤身露體，卻在自己的心裡變得曖昧不清了。那有可能是醫院開立的處方中四種藥物的副作用，不過據目前的主治醫生表示，若是除了家人之外不與其他人接觸交談的話，不只是性慾，連飲食的慾望也會逐漸消失。在極其罕有的情況下，性慾會突然襲來，感覺就像熟睡的幼兒醒來時爆發式的哭聲一樣。個中原因並不在於雜誌或電視上裸女的視覺刺激。似乎是和睡眠有關。從淺眠醒來的瞬間或是安眠藥的藥效剛退的微妙時刻，彷彿屋裡的空氣出現了裂縫，從中出現了什麼東西似的，全身會被性慾整個包裹住。那種自己無法克制的慾念有時實在過於強烈，甚至還會發生目眩的情況。那是否真的是性慾，上原自己也不清楚。或許，是因為那個沒有對任何人談起的祕密的緣故也不一定。碰到這種情況時，他便會像是要把包皮都剝掉似的開始自慰起來，即使母親就在旁邊也顧不得許多。起初母親還會哭著打上原，不過最近已變得像是觀察罕見動物生態的學者般，只是默默地看著。但不管怎麼說，這種偶發的性慾與坂上美子並沒有關係。

上原之所以對坂上美子感興趣，是因為她的一則有關病原大腸菌的短評。不論寄生虫、細菌或是病毒，都在人類知識未及的地方進化著，坂上美子在一則病原大腸菌疫情在韓國幾乎不見報告提及的新聞評論中這麼說。因此未來，不，即使是以目前的狀況而言，會出現任何怪異的病原微生物都不足為奇。

我過著隱居的生活。最近這將近八年的時間裡，我幾乎都沒有和別人說話。我想，大家可能都不太清楚隱居者的事情。我也完全不知道其他隱居者的事情。隱居的人對於其他隱居者的事情一點也不關心，對於非隱居者的事情也不關心，或許因為如此最後才會選擇隱居也不一定。不過，若是有哪一位對隱居感興趣，我倒是願意提供一點心得。也就是說，可以聊聊我的情況，不過最好是女性。因為我不是同志，男人會令我害怕。還有，如果可以的話，希望能收到坂上美子小姐的回信，不過，我不會做出無法無天或是厚顏無恥的事情，故先留下這篇文章。

總而言之先試著將留言的文字檔打好。由於還不熟悉鍵盤，光是鍵入這麼一篇文章就花了將近三個鐘頭，雖然抗憂鬱劑使得頭疼了起來，但上原還是將這篇文章以中輟生的暱稱發表了。由於不知道會有什麼樣的反應，姑且先不要留下自己的信箱。點選〈發表文章〉的圖示時，不但心跳加速，還產生了激烈的偏頭痛。他想起了剛開始不去上學時身體的虛脫感與疼痛。感覺空氣彷彿變成了一堵滿是尖針的牆壁。當時那種光是稍微抬一下手臂，疼痛、不適、恐怖就流竄全身的感覺再次甦醒。可是，文章非發表不可。因為他覺得，如果是坂上美子的話，或許能夠理解那個祕密，能夠理解那個虫子的事也不一定。

上原忍耐著偏頭痛，確認自己的文章已貼上了坂上美子網站的留言板。多麼美妙的溝通系統啊，上原心想。既不必暴露自己的容貌模樣，也看不到對方的樣子。拒絕上學的直接原因，在於級任老師使用的髮油的味道，這種話說來任誰都不會相信。不知道是哪個牌子的產品，味道就好像堆滿腐爛柳橙的倉庫一樣，可是老師總是毫無顧忌地靠近上原說話，一點也沒想到過可能會有人討厭這個味道。早上在床上醒來，一想到又要聞到那個味道就全身無力，到處都痛了起來。網路的留言板當然不會有味道，以機械打出來的字體讓所有人的字都統一了，而且既不會聽到對方的聲音，自己也不必出聲。既不必表明自己是誰、是什麼樣的人，也不會知道對方是什麼人。來到這裡，可以將自己的想法、意見或是留言傳播出去。

上原的文章一直沒人理睬，三天後才出現了一篇名為隱居有罪的回應。

我的朋友之中也有在隱居的傢伙，世界上這種人還滿多的嘛。原本我一直認為世界上最大的罪行是自殺，不過我現在覺得隱居的罪相較之下可能更深重些。這個留言板上熱烈討論的話題，不論監察伊拉克的問題或是與腦死相關的臟器移植問題，基本上思考的都與人類、國家或民族圖生存有關吧。那麼，隱居算什麼呢？我知道很辛苦。我也很辛苦啊。可是辛苦的本質不同吧。而且，這又和那些害怕美軍再度轟炸的人們或是腦死病患家屬的辛苦不一樣吧。想要聊隱居的事情嗎？既然如此，我覺得不如現在立刻走出屋外去交朋友，然後和朋友聊吧。

這是一個暱稱為ＲＮＡ的網友的回應。雖然上原覺得被批判了，但並沒有不好的感覺。由於ＲＮＡ在留言板上留下了電子郵件信箱，上原決定回信給他。也許ＲＮＡ正好知道有關坂上美子的事情也不一定。一面對鍵盤，強烈的偏頭痛再度襲來。雖然總是如此，但是疼痛這種感覺好像具有物理形體似的，上原心想。自己與鍵盤和新開文字檔頁面之間，似乎有種鋸齒狀的障礙物存在著。那障礙物好像海葵或是水母般活動著，四處螫著上原的身體，被螫著的地方就又引起新一波的疼痛。即使如此，上原還是用食指逐一敲著鍵盤拼出字來。

ＲＮＡ兄您好，我是中輟生。謝謝您對我在留言板發表的那篇文章的回應。我是坂上小姐的，該怎麼說呢，支持者，ＲＮＡ兄應該也是吧。我有一件事無論如何都想請教坂上小姐，是不是寄信到網站上的那個信箱就可以了呢？這麼問似乎很失禮，但是這件事情與我隱居的原因有很重要的關係，務必要和坂上美子小姐談一談。如果可以的話，請您提供意見。拜託。

兩天後，RNA回信了。雖說這是值得紀念的第一封郵件，但是部分內容上原卻無法理解。

Uehara wrote:

>謝謝您的回應。

>我有件事無論如何都想問坂上小姐，是

>不是寄信到網站上的那個信箱就可以了

>呢？

應該沒關係吧。不過那個留言板有幾項規定或說是限制，就是不接受對坂上小姐的批判。這麼說或許會造成誤解，不過，因為以前曾經發生過激烈的中傷攻防戰，或許你也知道，坂上小姐的立場非常敏感，換句話說，她經常受到週刊或是右派保守雜誌的攻訐，名目不外乎主播的思想左傾、發言過於自由等等。基本上，日本媒體並沒有什麼嚴謹的批判精神，因此對於坂上小姐的攻擊往往都是以揭露她的私生活的形式進行。情人如何如何啦、在酒吧和什麼人見面啦這類的無聊事情。對坂上小姐懷有敵意的媒體也都緊盯著那個網站，一找到任何雞毛蒜皮的問題就拿來大作文章，以為如此就可以讓網站關門大吉，但是坂上小姐是個絕不會對這種蠻橫的暴力屈服的人。所以，我們是打從心底敬佩坂上美子小姐，希望你也能夠了解這一點。我們已經掌握了你的信箱位址。我們的夥伴之中有程式設計師、軟體開發人員與網路安全專家，甚至連駭客出身的傢伙都有。藉由電子郵件信箱，要查出你在現實社會的出身易如反掌。這並不是在威脅。而是，事實。請不要認為我們是法西斯。我們也是一路嘗試錯誤走來的，為了保衛坂上美子，實在是除此之外別無他法。但這並不意味著你寄給坂上小姐的信件都會一一經過我們的檢查喲。這種做法在網路上是絕對禁止的，我們並無意觸犯喏。只不過，若是有人企圖攻擊她的話，我們是不會同意的。

看完RNA的信之後，上原不禁有些害怕。感覺好像有人在監視著自己似的，好一會兒身體都在顫抖。上原決定短時間之內先停止上網。

收到RNA回信後的次日，母親來訪。下個禮拜你非去醫院不可，母親對上原說。上原絕對不會回答的。和往常一樣，母親將上原趕出屋外，開始清理房間。上原住的磚造公寓旁有條小河流過，正前方有片小玉蜀黍田，一家中古車行。遠方山上的楓葉已經開始紅了，可是上原並沒有欣賞風景。上原只是一直想著坂上美子的事情。其他的事情都無法思考。坂上美子是否真的熟悉病原微生物呢，上原心裡只想著這件事而已。

幾天前我曾經在留言板上發表文章。雖然坂上小姐很忙，想必沒有時間看那種東西，但我還是一五一十把自己的事情寫下來。我正在隱居中。除了母親、妹妹，以及精神科醫生之外我什麼人也不見，而且我也絕對不和這三個人說話。今天之所以會寄上這封信，是因為我有一個祕密想讓坂上小姐知道。這個祕密我從來沒有對別人說過。唯一一次，是和最早的那個精神科醫生提過。可是那個醫生只是笑，然後叫我不可以想那種事。坂上小姐看過人死掉嗎？不是臨終的人或是已經死掉的人，而是有人真的在眼前斷氣死掉，看過嗎？我看過一次。非常可怕，雖然想要忘掉，可是當然是無法忘掉。在我小學三年級的時候，祖父去世了。是癌症。住院之後，祖父仍然活了相當長的時日。後來我才聽說，老年人身上的癌細胞也年紀大了，所以成長緩慢，轉移的速度也緩慢，不知道是不是真的。我很喜歡祖父。祖母在我出生之前就過世了，只剩下祖父。祖父經常帶我去釣魚。是溪釣，因為我住的地方距離海邊很遠。經常和祖父去多摩川上游或是水庫釣魚。那時候釣的都是岩魚和香魚。我還記得隨風飛舞的蒲公英。雖然我不太喜歡花草植物，卻唯獨喜歡蒲公英，可能就是因為這個緣故吧。祖父去世前不久，開始變得非常瘦。因為我幾乎每天都會去醫院探病，很清楚祖父是越來越瘦了。原本祖父和一般的住院患者同住在大病房，在變得非常瘦之後，鼻子還有身體上到處都插滿了管子，就移往比較小，只住三個人的病房去了。這間三人病房被哥哥稱為死亡房間。這當然是開玩笑的，不過這麼稱呼也不無道理，我至今仍然記得很清楚，每次走進這間病房，心臟都怦怦怦跳得像要破掉一樣。雖然大家都沒有明講，但很顯然地，這間病房是為了迎接死亡的老人所準備的。在大病房裡，不用說，都是病人還有家屬，由於基本上都是癌症病患，一有人去世氣氛就會立刻變得很沉重。坂上小姐應該也知道，不只是對癌症病人，這種沉重的氣氛對病人來說都是很不好的。對病患而言，相信自己必定會康復是非常重要的，原本躺在隔壁床一起聊天的人死去了，就會破壞這種積極的心情。所以，明顯將近死亡的患者都會移往特別的病房，祖父移去的也是這樣的房間。那間病房位於醫院的最裡面。厚重的窗簾總是關著，是間昏暗的房間。一般來說，房間裡都會有明亮的地方也有陰暗的地方，可是那間房間並非如此，到處的亮度都一樣。或許是房間裡除了三張病床、點滴架、氧氣瓶和管子之外什麼也沒有，才給人這種感覺也不一定。是間沒有影子的房間。可是，我並不討厭進去那間房間。祖父移過去之後，父母對我說不必每天去探病。因為祖父已經是一直閉著眼睛睡著而已，不會說話也不會醒來。可是我還是每天都去那間病房探病。雖然前面提到去那間房間時都會心跳加速，可是我還是喜歡去。我記得去醫院的路怎麼走，而且距離我家和學校也很近，雖然只是個小學生，但還是可以一個人到醫院去。護士們也都認識我，即使是一個人也會讓我進祖父的病房。因為是縣立的綜合醫院，大廳總是有很多人。祖父的房間位於二樓，我從不搭電梯，都是走樓梯上去的。從樓梯間的窗戶可以看到醫院的中庭，可以在那裡眺望前來醫院的人。來到醫院的人，都不會帶著尖酸刻薄的感覺。大家似乎都很不安，不會傲慢，也沒有人喧譁，都是來求助的，誠懇的。看過這些人之後，我就上二樓去。二樓有兩間大病房和五、六間小病房。我也很喜歡從大病房前面走過。裡面有大約十五名住院病患，大家都輕聲談話。每次從那個大病房前面走過的時候，我都覺得生病真是一件美好的事情。家屬在幫病人按摩著背或是腳；有人帶著花來，溫柔地和病人聊天，或是靜靜地看著病人睡覺；此外，整間病房裡，好像有種活生生的氣息靜靜地轉著漩渦。一切都那麼溫馨，那麼安詳。因為會造成眼睛負擔，裡面禁止看電視，病人與家屬談話的聲音，彷彿音量關小的收音機播放出來的音樂似的，從門縫中傳出來。瀰漫著消毒水和藥物的味道，淺藍色地板與牆壁泛著亮光。沿著走廊一直走，然後一拐彎，就會看到以日光燈管點亮的綠色緊急出口標誌，旁邊就是祖父的病房。我的心臟又怦怦怦鼓動起來。推開門進去裡面，除了三名乾瘦老人的呼吸聲之外什麼都聽不到。在這沒有影子的房間裡，並排躺著三名老人，蓋到胸前的薄毯子緩緩地微微上下起伏著。好像活著的並不是人而是毛毯似的。祖父睡在正中間那張床，但因為三個人都非常瘦，長相看起來好像都一樣。三人都閉著眼睛，再加上有許多管子遮著臉，很難分辨出每個人的差別。房間的角落一定放著用玻璃紙包著的花束。我這個男孩子也喜歡女兒節，所以經常被家人嘲笑。妹妹出生之後，祖父買了七層裝飾的女兒節人偶給她，從此之後，每到拿出來擺設的季節，我都會一直看著，怎麼看都不會膩。排列整齊的人偶非常美麗，這似乎就是令我喜愛的原因。病房裡的三名老人也一樣，簡直就像是女兒節人偶般整齊地躺成一排。

左邊的太陽穴，唯獨那裡，好像燒過的石頭還是鐵塊般發燙，但是上原仍繼續給坂上美子寫信。一面只用左右手的食指敲著鍵盤，心裡一面想著：用鋼筆或鉛筆的話可就不行了吧。指尖已完全沒有了感覺。意識模糊不清，腦袋在螢幕前搖晃著。為什麼會持續做著這件事，自己都覺得很不可思議。自從定期服用精神科醫師所開的藥以來，就經常覺得倦怠與悶痛，漸漸變得無法持續去做一件事情。因為好像整天都處於淺睡之中。

一面在腦海描繪著祖父那間病房的情景，一面用食指敲著鍵盤。按下H鍵，接著是I，然後是N，再來是A，接下來是N、I、N、G、Y、O、U，以這種方式將字母排列出來，再按下空格鍵，螢幕上就顯示出雛人形（即女兒節人偶）三個字。感覺就像是在玩組合模型，還有一種好像在農耕作業中種植秧苗的氣氛。從傍晚開始打字，目前已經深夜兩點多了。四坪大的公寓房間裡，除了床鋪、電視和收錄音機之外沒有其他家具與日用品。又因為忘了打開暖氣，屋裡的溫度相當低，可是上原並沒有感覺到寒意。只在下午三點左右吃了母親做的花生醬三明治，但並不感覺肚子餓。坐在床沿，筆記型電腦放在膝上，披著毛毯繼續敲著鍵盤。雙腳與嘴唇因為寒意與興奮而直發抖，可是上原連這也沒有注意到。

只要多個人或人偶排列在一起，就會產生出某種效果。不論京都寺廟或是吳哥窟遺址，佛像都是排成了一大排。女兒節人偶也是。例如那五名伴奏與三名宮女，除了一個個人偶的個性之外，似乎還可以看出他們的職業與屬性。所以，就算一直看著女兒節人偶怎麼也不會覺得厭煩。換句話說，起初看起來是相同的東西，但只要直盯看下去，就會慢慢發現各自的個性與不同之處了。那沒有影子的病房裡的三個人，也和三名宮女一樣具有共通的模樣與個性。共通的部分，就是所謂半死的狀態。我每天前往那病房，總是坐在小圓凳上，長時間望著絕對不會睜開眼睛的三個人。這樣寫來好像自己是個變態似的，不過在離開那間病房的時候，還有走到外面吹著風的時候，就會真切地感覺到自己和那三個人是不一樣的，也就是說感覺到自己是活著的。半死狀態這種描述其實並不正確。每天，我都邊聽著點滴液滴落到玻璃容器中有如雨滴的聲音，邊凝視著三名老人。三個老人都非常瘦，三人的容貌也都很相似。瘦到了皮包骨的程度。眼窩深深凹陷。一邊鼻孔中插著透明的管子。其中有兩人罩著灰色的氧氣面罩，在我看來好像鳥嘴似的。手腕上插著點滴的針頭，針頭後面接著長長的透明管子。三名老人中有一位脖子裹著繃帶，沒有戴氧氣面罩，而是喉嚨插著一根粗管子。蓋至胸口的毛毯微微起伏著，從氧氣面罩與管子傳出不太清楚的，乾燥的呼吸聲。與其說是半死狀態，我覺得更像是與管子、氧氣面罩、點滴架和氧氣鋼瓶結為一體的另外一種生物。三人具有這樣的共同特徵。不過，除了兩名老人嘴上固定著氧氣面罩，一名老人喉嚨插著管子之外，其他部分當然還是有微妙的差異，首先骨架子就各有些許不同。三人之中，我祖父的特徵是臉最窄，脖子長。左邊病床喉嚨插著管子的老人頭髮仍黑，有時候不知道是否在做夢，嘴唇會動一動，看起來似乎在笑。三人中以這個左床的老人骨架最壯，還有不知道什麼緣故，從臉上到胸部，以及手臂內側，都長著大大小小顏色怪異的斑點。那並非經常會在老人身上見到的茶色老人斑或是痣，而是粉紅色的斑點，小的約為兒童小指指甲大小，大的像是十圓硬幣。我到現在都還不知道那種斑點到底是什麼。睡在右邊的老人在三人中個子最小，膚色蒼白。就長期沒曬太陽這點來說三人的情況相同，但是這個老人卻蒼白到讓我想起遠足時在上野的博物館看到的中國瓷瓶的那種白。白得透明。並不是肌膚的顏色被抽掉了，而是像均勻地塗上了一層薄薄的白漆。紅色和藍色的血管透過白色的肌膚，浮現在臉頰、脖子以及手臂內側。我經常會靠近那老人身旁，凝視那浮現在肌膚上的血管。血管構成了一幅有如顏料滴入水中似的圖案，仔細一看還可看出輕微的震動。而那個虫，就是當我靠近右邊的老人看著血管的時候出現的。當時的季節正好和現在一樣，透過厚窗簾，屋裡只有一半顯得微亮。我知道脖子上血管的震動比較明顯，所以正凝視著蒼白老人的脖子。我的眼角餘光瞥見有什麼東西在動，起初還以為是管子的影子。但因為動的情況很奇怪，我不禁有種不好的預感。細而透明的管子有時會隨著老人們的呼吸而動。可是，那動作卻像是細繩在搖晃。像蛇一樣移動著。剛開始我還以為可能是從老人鼻子流出了黏液之類的東西，但並不是，那是好像一根灰色的線，非常細的生物，正從沒有插著管子的鼻孔鑽出來。那灰色細長的身體分成好幾節，虫似乎是伸縮著一節節的身體在前進。我的身體變得僵硬而無法動彈，既不能當場離開，也發不出聲音。彷彿有人牢牢壓制住我的雙肩似的。灰色細長的虫從老人的鼻孔鑽出，爬到了嘴唇上。可是，還有部分身體仍然留在鼻孔裡。虫移動著，像蛇又像是毛虫，可是又與蛇或毛虫不同，既沒有頭部也沒有凸起的腳。好像將繃帶或紗布撕破時殘留的線一樣細，還看得到像是指關節內側細微皺紋般的節紋。我的注意力被虫所吸引，沒有發覺老人的呼吸聲已經停止了。老人已經死了。虫體跨過嘴唇，由下巴頂端朝脖子前進，正覺得牠是否只有身體的最前端要稍微抬起來時，一眨眼間就離開了老人的身體移動到我的手背來，並迅速沿著手臂爬到我的臉上。即使如此，虫的身體仍有部分還隱藏在老人的鼻子裡，長度非常嚇人。虫的前端鑽進了我的身體裡，不是從鼻子，而是從眼睛，但完全不感覺到痛。鑽進我眼中的灰色虫子仍然與老人的鼻子連接著，好像自己的眼中伸出了灰色細絲般的東西，被吸進了老人的鼻孔裡。正要鑽入眼中的部分因為失焦而變得模糊，彷彿在我和老人之間架起了一座細細的橋似的。我不由自主地舉手在面前一拂，就像要撥掉蜘蛛網那樣。這下子虫身便在中間被切斷了，正要鑽入眼中的部分剎那間就這麼看不見了，完全沒有異物鑽進眼中不舒服的感覺。至於剩下的虫體，好一陣子都還有零星輕微的動作。後來終於有兩名護士來到病房，我才得以離開到外面去。那灰色虫子的殘餘部分後來怎麼了，就不得而知了。

從此之後，我就變得無法再踏進那間病房了。一想到祖父去世的時候是不是也會有那種虫從他的鼻孔跑出來就覺得很害怕，無法再靠近他。這就是我的祕密。沒有和任何人說過。告訴精神科醫生的時候，他只是笑著說：那只是小時候經常會出現的一種幻想，趕快忘掉吧。我並不認為自己之所以不去上學，之所以會選擇隱居，和那虫有什麼關係。仔細想想，那個蒼白的老人都活到了那麼大歲數，或許也沒有必要指責那條虫對身體有害。在我仍去上學的時候，曾試著查了一下寄生虫的資料，可是任何圖鑑上或是寄生虫博物館裡，都找不到那種灰色細長的虫。若是坂上小姐知道些什麼的話，還望務必告知。

結果，全部寫好的時候已是黎明時分。由於認為自己一定會猶豫是否真的要將這麼長的信寄出去，上原直接打開寄往坂上美子信箱的新郵件將文章貼進去，在寫完之後的恍惚狀態下點選了寄出的圖示。信件送出之後又不想睡了。做出荒唐可恥的事情的後悔，以及將想要表達的事情全部寫下的充實感，使得他的身體發熱，量過才知道有三十八度。即使嚼食了平常三倍量的安眠藥仍然不想睡一下，上原靈機一動，那就出去看看吧。這並非經過考慮之後的決定。只是不由得這麼想而已。感覺上，自己一直以來都是這樣行動的。所以不會有受別人操控的不適感，也沒有不這麼做就會受到壓力的壓迫感。

將筆記型電腦的電源關掉後放在床上，起身去找外出服。自從搬到這間公寓之後，就不曾在母親不在的時候外出，以至於連衣服在哪裡都不知道。上原在睡衣外面套上奧蘭多魔術隊的暖身裝，赤著腳。時間剛過清晨五點，冷空氣從窗戶的縫隙流進忘記打開暖氣的屋子裡。沒穿襪子的話可能會冷吧，上原心想。打開壁櫥翻翻衣物架，沒找到襪子。上原只在去醫院的時候才會遠距離地離開這間公寓房子，而且必定與母親同行。外出時的具體情形，上原一點也不記得。不只是穿著什麼樣的服裝之類的事情，而是整體情況都毫無記憶可循。每兩個或三個星期，自己就會跟著母親去一趟醫院看精神科，這件事實還可以理解。可是，那個時候的自己，以及周遭的狀況，都完全沒有印象。上原就是在這種半失去意識的狀況下前往醫院的。

上原口中嘟囔著那就不必穿襪子了，走進了浴室。然後看著鏡子。有多久沒有看過鏡中的自己了呢，他試著去想，可是想不出來。浴室的洗臉台前有面鏡子，洗臉或是刷牙的時候當然會映照出自己。只不過即使在那個時候，也沒有意識到自己映照在鏡子裡，只是望著鏡子的表面而已。並不是看到自己的臉就覺得討厭而閉上眼睛，而是如同望著牆壁或天花板一樣，只是望著映照出自己的鏡子的表面而已。

因為垃圾食物與藥物而變白變胖的自己在這裡。這與是否穿著襪子沒有關係，任何人看到我，都會認為是不正常的人吧，上原想著想著笑出聲來。事實上也很久沒有笑過了。

赤著腳在玄關穿上網球鞋時，上原思考著是否應該外出以及該去哪裡才好，最後決定就先繞著這棟公寓走一圈看看吧。從衣帽架取下厚毛風衣，穿在奧蘭多魔術隊的暖身裝外面，打開門。外面的夜色正要褪去。暗紫色的空氣冷颼颼的，可是讓發燙的臉頰感到非常舒服。流經公寓旁的小河，映著開始泛白的天空。看在眼裡，上原想到要去自動販賣機買罐裝啤酒，於是拿了幾枚放在鞋櫃上的百圓硬幣放進厚毛風衣口袋裡。在這八年間從不曾想要買過什麼東西，就連自動販賣機也沒去光顧過，也不曾想到要喝酒或是啤酒。雖說醫生的確是禁止他喝酒，可是自己也不曾動過想喝的念頭。

前往啤酒自動販賣機的路上，上原有兩次和他人錯身而過：騎著腳踏車送牛奶的中年男子，以及一對散步的年輕夫婦。由於在相遇的瞬間上原便低下頭去，彼此都沒有看到對方的表情。不論中年男子或年輕夫婦，一定都認為我是個不正常的人，錯身而過的時候都像在閃避似的吧，上原心想。映在鏡子裡那張胖嘟嘟的臉，及肩的亂髮，這種模樣的人誰都不會想要接近。如果能將那三個人殺掉該有多好啊，上原心想，然後一面將硬幣投進啤酒自動販賣機，一面想像著自己實際將中年男子和年輕夫婦殺掉的情況。利用郵購買來，一直放在床底下的電擊棒與催淚瓦斯應該派得上用場。如同勞勃・狄尼洛主演的電影那樣用球棒把人打死，想必是最好的方法吧。飛濺的鮮血會弄髒衣服是個缺點，不過一想到用金屬球棒打破別人的腦袋時手上感覺到的那種衝擊力，不由得心情很好。他又想起，以前曾經和祖父去過三次的棒球打擊練習場。人類的腦袋和軟式棒球不同，若是強力打擊，應該可以把頭蓋骨打碎吧。人腦是柔軟的，並且受到圓球形骨頭的保護。內部則有如浮在水中的豆腐，小學老師這麼說過。當頭骨破裂，豆腐飛濺出來的時候，會有多麼猛烈，有多少的量，又會是什麼顏色呢？心裡想著這些事情，上原買好了罐裝啤酒。

回到房間才喝了一口啤酒，就覺得頭暈目眩想要倒在床上。應該是剛才吞的那三倍量安眠藥發生了效力，再加上十幾個小時沒有進食的緣故吧，上原心想，於是把啤酒擱著，坐到床上，打開筆記型電腦放在膝上。收到了一封來信。

Uehara wrote:

>可是任何圖鑑上或是寄生虫博物館裡，

>都找不到那種灰色細長的虫。若是坂上

那種虫是實際存在的，俗名叫做「共生虫」。在七〇年代中期，曾經有法國與美國的微生物學家發表過，但不知什麼原因，所發表的資料又遭撤回。雖然被歸類於鞭毛虫或是線形鞭毛虫的亞種，但並沒有資料。在下，是坂上小姐電子信箱的管理者之一，不過請別誤會，並不是所有寄給坂上小姐的信件都會經過檢查。這只是郵件群組Mailing-List，並不是有什麼檢查系統。唯有中傷的信件或是坂上小姐真的感興趣的信件，才會轉送到我們手上。我叫渡邊，組織了一個名為《ＩＮＴＥＲＢＩＯ》小團體。根據某份私人報告顯示，共生虫（由於沒有學名或譯名，只能這麼稱呼）的排泄物含有特殊的精神異常表現物質，你的情況如何呢？例如，是否會有明顯的暴力慾望或是殺人慾望之類的呢？老實說，ＩＮＴＥＲＢＩＯ對你非常感興趣。如果可以的話請和我們聯絡，寄信到我的信箱也可以。當然，坂上小姐也是ＩＮＴＥＲＢＩＯ的成員。

2

上原緊張地閱讀回信。空腹加上啤酒使得心跳加劇，呼吸也變得困難。由於過度緊張，剛開始讀的時候完全搞不清楚內容寫了些什麼。上原小口啜著啤酒，反覆讀了好幾遍這個叫做渡邊的人的來信。

那種虫是實際存在的，俗名叫做「共生虫」，這個部分反覆讀了十幾遍；坂上小姐真的感興趣的信件，才會轉送到我們手上，這個部分也反覆讀了十幾遍。其他部分則不太能夠理解。虫是實際存在的，得知這個情報雖然很滿足，但是渡邊的來信中只顯示了渡邊的電子信箱而已。坂上美子身邊為什麼會這樣，有各式各樣的人呢？上原心想。不但有上次那個暱稱為ＲＮＡ的人，而且自己寄信到坂上美子本人的電子郵件信箱，卻收到了這個陌生人的回信。

不過，或許所謂的名人就是這個樣子吧，上原以這種想法來說服自己。他已習慣這麼說服自己。距今八年前，要起床就感覺到異常痛苦的時期，他就懷疑自己是否是個落伍又沒有價值的人而自我嫌惡。不去上學後，便學會了消除自我厭惡入睡的技術。

首先想像有一個很深的洞。閉上眼睛，開始想像各種細節：洞的形狀、土壤的種類、挖洞的人的相貌與服裝、周遭的風景以及當時的季節等等。那是個囚犯們在冰凍堅硬的土地上挖掘出來的洞，緊鄰著鐵絲網，位於一片荒涼景色的中央。鐵絲網彼方有個小高丘與白樺樹林，再過去有鐵路經過，整個視野都被一層薄雪所覆蓋。為了什麼目的而挖掘出那個洞，沒有人知道。仔細想像出洞穴之後，上原便將造成他自我厭惡的那些人都丟到裡面去。雙親與兄妹、師長與友人，他們的雙手被縛眼睛被蒙住，一個個被帶到洞口。上原一面說不要害怕，一面將他們一個接一個推落洞裡。柔軟物體墜落撞擊的聲音在遙遠的地底響起，終於所有的人都不在了。接著上原用鏟子將土鏟進洞裡，將洞填起來。洞穴底部傳來微弱的聲音，那是由多人的呻吟重合而成的聲音，聽不出在說什麼。將洞填滿是項單調的工作。每次鏟起土倒進洞裡，他都會數著次數。數著數著眼皮便越來越重，就這麼不知不覺睡著了。然後到了早上，即使母親哭著要他去上學，父親口出重話罵人，都可以想像這些傢伙已經被埋進洞裡了，事實上並不存在。

上原想到明天要寄信給渡邊，然後在將渡邊埋進洞裡的幻想中睡去。在上原的想像中，渡邊是個穿著白衣，近視眼的年輕男子。

渡邊兄，謝謝你的來信。這麼快就收到回應，讓我覺得很驚訝。因為我剛接觸電腦不久，還不太熟悉鍵盤，打一封信要花上非常久的時間。渡邊兄打字一定很快吧。真希望我也能夠早日變得像渡邊兄一樣打字打得那麼快。

上原坐在床上邊喝著牛奶邊回信給渡邊。結果只睡了三個小時左右就醒了。太陽穴與下腹發熱，非常罕有地感覺到肚子餓。自從開始服用抗憂鬱劑和安眠藥之後，總是得睡十個小時以上。醒來之後也是身體冰涼全身沉重。不但要花好一陣子才能夠下床，也不會覺得肚子餓。

開始上網也是最近的事情，很多事情都還不明白。我也很少看雜誌，老實說並不知道郵件群組是什麼。除了郵件群組之外還有很多事情想請教。最想問的，當然是虫的事情。聽到虫是實際存在的消息，讓我嚇了一大跳。在我還是小學生時進入體內的虫，果然還是寄生虫吧？還是說是病毒呢？我並不清楚寄生虫、病毒以及細菌之間的差別。是因為大小不同嗎？渡邊兄或許會認為我是個無知的傢伙，可是我因為長期隱居，既不外出，也不曾去逛書店或上圖書館，很多事情都不知道。如果能告訴我的話，就太有幫助了。

因為是一面看著鍵盤一面只用食指打字，打一篇四百字稿紙的文章就花了兩到三個鐘頭。上原猶豫著是否該提起坂上美子的事情。上原並非一開始就對坂上美子本人感興趣。是在電視上看到坂上美子對於病原大腸菌的一番話之後才產生了興趣。然而，在上網拉近距離之後，感興趣的對象似乎就轉移到坂上美子身上去了。

自小學起，上原就一直希望能獲得那種虫的相關資訊。因為認為坂上美子可能擁有那些資料，才會對她感興趣。資料，是來自她的代理人。上原認為那是寶貴的情報。那種虫是實際存在的，俗稱共生虫，還有，那種虫會讓人變得凶暴，這些事情都令上原興奮，讓他歡喜。

渡邊使用了艱澀難懂的辭彙。精神異常表現物質。那是指精神錯亂嗎？是否會有暴力慾望或是殺人慾望呢？渡邊在信中這麼問。上原將那個部分讀了幾十遍，並且出聲反覆喃喃念著：有喔，的確會有喔。他不但曾多次對母親暴力相向，還會破壞物品，不過這大多只是在家裡。與母親一同外出時，計程車司機、路人或是醫生，所有遇到的人都會令他感到焦躁。那一定是共生虫所引起的殺意。今天早上自己體內也發生了同樣的狀況不會錯。久未外出的上原在寄出有關虫的長信之後出門，想像著用球棒將遇到的送牛奶員與散步的夫婦打死。當時手上不用說並沒有球棒之類的武器，可是，打破頭骨時的觸感卻不知從何處傳到了手掌上。因為那種想像是有根據的。用球棒將那個送牛奶員與散步的夫婦打死，這種想像是正當的。一這麼想，原本早已遺忘的力量便又逐漸湧現了。

即使是只睡了三個小時的現在，依然能夠清楚感覺到那種力量。坐在床上面對著鍵盤，一種自己做出任何事情都會被原諒的解放感湧來，上原不禁數度握緊了拳頭。現在他認為，即使提到有關坂上美子的事情也不會造成任何問題。

不好意思，我還有一件事想要請教。渡邊兄說，我上次寄出的信坂上小姐也看過了。又說只有坂上小姐感興趣的郵件才會在組織中傳閱。坂上小姐是否表示過對我的信件感興趣呢？之所以關心這種事，是因為我很尊敬坂上小姐。難道不可能收到坂上小姐寄來的任何隻字片語嗎？這並不是表示我無論如何都想要收到坂上小姐的來信。坂上小姐的忙碌情況一定遠超過我的想像，根本沒有辦法一一回覆所有收到的信件對吧，但是萬一可以的話，即使是一句話也好，我覺得自己都會變得更有勇氣。說了這麼多任性妄為的話，請勿見怪。

要將信寄出給渡邊時，已經過了下午兩點。上原強烈地想要吃點東西。打開冰箱看看，裡面有麵包、包心菜、奶油與火腿，冰箱上面還堆著幾碗速食麵，可是他想吃些別的東西。

醒來立刻開始寫信，到現在已經過了五個小時，可是他忘了服用抗憂鬱劑。望著裝在紫色盒子裡的紅色與白色膠囊，上原回憶著昨天是否服用了抗憂鬱劑。他懷疑這種藥會對共生虫產生什麼作用，下一封信就詢問這件事吧。想到這裡，上原決定要去便利商店。對於獨自外出已不再有任何猶豫。

上原的公寓靠近埼玉和東京的交界，與父母家的距離步行也只要十幾分鐘。上原的房間位於二樓，一打開門，映入眼簾的就是一方小玉蜀黍田與中古車賣場。上原對汽車並不感興趣。中古車賣場整齊地豎著宣傳用的長旗。還有像是小學運動會所使用，呈放射狀拉出的旗子。那些質料像是塑膠布的旗子迎風招展，發出有如抖動濕布的聲音。由於附近並無高大的建築物，這個時節經常會從河那邊颳來強風。一起風，收割之後棄之不顧的玉蜀黍枯莖就和塑膠旗一起搖動。過了田地與中古車賣場是條狹窄的舊路，再過去則有寬約三公尺的小河流過。以前河的對岸建有平房，是小規模金屬加工工廠，母親曾經以詛咒般的語氣表示，廢水將河兩岸的石牆都給汙染了。工廠舊址現在成了建設公司堆放建材的場地。四周有幾塊搞不清楚種植了些什麼的田地。其間則散布著先建後售的住宅以及磚造公寓。

走下搭著壓克力波浪板與美耐板擋風牆的樓梯，從成排的中古車車陣中斜穿過去。舊路上的行人稀少，但因為作為幹道的連接道路，白天有許多大型卡車通行。上原想起母親曾多次叮嚀，如果獨自外出的話，千萬注意不要被卡車捲進去。自從上原開始在公寓獨居之後，聽說已經有兩名老人捲進了卡車車輪下。對岸的河邊豎著記載此一事故的牌子，下面還埋了個插著花的牛奶瓶。花已枯萎，牛奶瓶裡似乎並沒有裝水。一路排放著廢氣的大卡車與行人幾乎是擦肩而過。便利商店位於小河對岸的住宅街上。

剛搬來公寓一個人住的時候，曾經獨自來過便利商店。當時的情況上原仍記得很清楚。上原打算要買飯糰與健怡可樂，在挑選飯糰口味的時候，想起那個時候真是太差勁了。已經是四年前的事了。一個夏季的大熱天。走在店裡時，突然發現當天身上的明尼蘇達灰狼隊T恤有一塊黑褐色的汙漬。番茄醬還是湯汁之類灑出來弄髒的漬跡，有點異味。只有一圓硬幣大小，不注意看並不會發現的汙漬，然而上原卻很在意，而且因為無法就這麼去櫃檯付帳而感到焦躁。一面在賣場來回走動，心裡一面想著這樣什麼都不買就離開似乎也很奇怪，不由得心跳加速，喉嚨也乾得連呼吸都變得困難。最後雖然買了一本漫畫週刊，可是在收銀檯付錢時頭卻痛起來，幾乎當場就要倒下。將梅乾飯糰放在手掌上時，上原心想：現在可不一樣了。由於痛苦回憶的甦醒，如今充滿體內的力量顯得格外明顯，所以他才能夠認定現在和當時可不一樣了。這種情況還是第一次發生。

去付帳之前，上原先在防竊鏡前打量了一下自己的臉與打扮。臉色蒼白浮腫，髮際出油，厚毛風衣的胸前沾著不知道是麵包屑還是棉絮之類的東西。沒有誰會喜歡這樣的人吧，雖然自己心裡這麼想，但上原還是平靜地去收銀檯付了錢。將染過的頭髮紮在腦後的女工讀生直盯著他看，但是他並不退縮。妳大概不知道吧，上原心裡對那個女工讀生說。妳大概不知道吧，我的身體裡有種叫做共生虫的玩意兒，牠會使得我變得凶暴。妳完全不知道。敢對我廢話試試看，立刻就把妳殺掉。

便利商店旁的停車場邊上設有菸灰缸與公共電話，除此之外還有長椅。這個地點日照良好，加上又是個大晴天，上原便在長椅上坐下開始吃起飯糰。吃著飯糰時才注意到，這附近與卡車通行的道路有好一段距離，很安靜。某處還傳來鳥叫聲。

剝掉玻璃紙包裝，先吃了鮭魚飯糰。梅乾飯糰正吃到一半時，一個穿著紫紅色厚布外套、有點年紀的女人，拖著腳走了過來，在上原旁邊坐下。坐下時，女人發出喲咻一聲，聲音相當大，令上原嚇了一跳。沒有下雨，可是女人的右手拿著一把紅傘。左手提著像是去海邊時使用的那種透明塑膠提袋。似乎完全沒有整理的乾燥頭髮垂在額前，還穿著網目織得不勻稱的黑色長絲襪。年紀大約與上原的母親相當，有一隻腳的腳踝粗得可怕。腳踝鼓出了一個瘤狀物，腫得幾乎變成原來的兩倍粗。肉瘤上浮現出紅色與藍色的血管，還長了許多黑色長毛。似乎為了要容納腫起的腳踝，女人將紅色短皮靴開了一道口子。彷彿剛剛才裂開似的，有種不穩的感覺。是生病嗎？上原心裡正想著時，女人忽然說起話來，好像眼前有人似的。

「你所說的就是人生嘛。」

上原詫異地偷瞄女人的臉。女人並不是在對上原說話。她是在自言自語。

「可是並不是每個人都會思考這種事情，對吧。」

女人邊把前面的頭髮往上撩邊說著話，彷彿面前真的有個熟識的人。

「說是這麼說，不過呢，外表還是很重要的。」

「這也是沒有辦法的嘛。」

「就是這麼回事。一個人怎麼樣，是可以從外表來判斷的。」

「多少還是注意一下比較好不是嘛。總之就是邋遢吧。總之那個人就是邋遢。上上美容院什麼的，這些可都不能偷懶。」

「好像自己都知道似的。」

「就是說嘛。好像都知道似的。」

「因為腳有問題，要說沒有辦法，也的確是沒有辦法嘛。」

「相當糟糕呢。」

「食物裡的鈣質累積下來在腳踝那裡形成腫瘤，而且越長越大，還會痛。痛得要命。所以，絕對不能喝牛奶喲。不會錯，要是喝牛奶的話，就會倒大楣了喲。」

女人邊撫摸自己的腳邊說了這些，然後突然望向上原。好像這才發覺有人在旁邊似的，一直打量著上原。

「你知道高木家的兒子因為殺兔子被抓起來了嗎？」

女人朝著上原這麼說，上原雖然聽見了，卻搞不清楚她是不是繼續在自言自語。上原保持沈默，女人則將視線從他身上移開，笑了。由於女人那像是咳個不停的笑聲十分刺耳，上原不禁心想：自己會用球棒打死的，一定是這個女人吧。

女人進去便利商店大約二十分鐘，又拖著腳走出來。在便利商店的門口旁，女人將買來的東西從袋子裡取出，開始對照帳單進行確認。女人買了三罐貓食罐頭、包裝的醃漬食品、三號乾電池、燈泡，還有吐司麵包和砂糖。確認好之後女人又走開了。上原決定在後面跟蹤。

女人沿著河邊朝住宅街的方向走去。河邊有條類似散步道的小路，路旁有著花壇，只不過這個季節沒有任何花開。途中河道略寬處有個孩子們的遊戲場。只要多來幾個小孩子就會擠滿似的，只有沙坑與翹翹板，連公園都說不上的遊戲場。翹翹板的兩端各有一個兔子和小豬的裝飾。沒有任何小孩子在裡面玩耍。

這一帶距離車站很遠，加上是民營鐵路的支線，電車的鐘點班次很少，並不受通勤者的青睞。即使如此，泡沫經濟時土地價格也隨之上漲，到處蓋起了高級公寓或是獨棟住宅，但因為不方便，很少人搬過來住。中途放棄未完工的建築物也很多。因為是這麼個小鎮，雙親才能夠為上原租一間公寓。上原的雙親並不富裕。住宅街的盡頭有家大型音響設備廠商的工廠，約有兩百名員工，不過聽說在半年前就關門了。

女人走得很慢，為了避免超過她，上原不得不數度停下來等。看著女人的背影，上原心想：若是在其他城鎮，不論那個女人還是自己應該會很惹人注目吧。附近只聽得到河對岸川流不息的卡車引擎聲，兩岸的行人只有上原和女人而已。女人已融入了風景之中。河流周遭的居民，都是被便宜的房租吸引來的。上原曾經聽說，其中好像還有中國酒女的宿舍。也有很多靠著退休金生活的老人，以及在五站之前的車站周邊風化區的從業員住在這裡。

上原注意到，女人正以規律的方式蛇行著。並不是因為行動不便才造成蛇行。散步道寬約一公尺，路面鋪著砂石，兩側埋著紅磚作為緣石。女人以一定的間隔與韻律靠近左右緣石然後又遠離。看著這種步行方式，上原不禁懷疑女人是否有精神病。跟著母親上醫院時，上原曾被帶去在有住院病患的病房大樓中庭看過。若是不好好服藥的話你就非得和那些人一樣住院不可了，這是院方一種威脅性的說法，而在那中庭裡就有同樣以規律方式蛇行的病患。中庭相當寬廣，甚至還有排球場與類似田圃之類的區域，種植了許多在南國彩繪明信片上經常可見的深綠色尖葉矮樹。那名患者就是在樹與樹間走著。蛇行的幅度是幾十公分，彷彿在閃躲間隔很短的隱形旗杆似的，那名病患一直挺直了脊背走著。

女人以與那名病患一模一樣的腳步走著，既沒有回頭也不左顧右盼。前方走來三個孩子，但女人卻完全不予理會。孩子們直接走往有翹翹板和沙坑的遊戲場，隨後有三名騎著自行車的婦人從散步道那頭過來，應該是孩子們的母親，一路還對孩子們喊著話。女人不理會自行車繼續走著，三名婦人只好在她跟前下了車。由於女人無視於自行車繼續蛇行，使得三名婦人不得不避開到散步道外面去才行。為了讓自行車通過，上原靠到散步道邊讓路。錯身而過時三名婦人向上原輕輕點頭致意。其中一人搽了味道濃郁的香水。來到腳有問題的女人聽不到的距離之後，主婦中的一人咒罵了一句：臭老太婆，去死啦。另外兩人發出了嘻嘻的笑聲。

不久後散步道結束，女人向右轉進一條夾在酒鋪與包心菜園之間的路，只容一輛車通行的窄路。走過包心菜園後，兩側出現了木造的公寓。女人在那條路上又向左轉。在一處仍留有積水的空地上，有三棟結構簡單、類似組合屋的平房，平行排在一起。由於沒有路通往別處，上原便在那裡確認女人走進其中一間屋子。

Uehara wrote:

>因為我剛接觸電腦不久，還不太熟悉鍵

>盤，打一封信要花上非常久的時間。渡

>邊兄打字一定很快吧。真希望我也能夠

＞早日變得像渡邊兄一樣打字打得那麼快。

我是渡邊。

不必著急。

大家剛開始的時候都是這個樣子。

＞開始上網也是最近的事情，很多事情都

＞老實說並不知道郵件群組是什麼。

所謂郵件群組（Mailing-List），是一種讓特定團體得以在內部傳遞電子郵件的系統。簡稱為ＭＬ。只要有人寄信到ＭＬ或是寄給ＭＬ的成員，郵件群組中所有的人都可以閱讀那封信的內容。

＞最想問的，當然是虫的事情。

＞虫，果然還是寄生虫吧？還是說是病毒

＞呢？我並不清楚寄生虫、病毒以及細菌
＞之間的差別。

若以常識來說，共生虫是否為寄生虫，還沒有確切的資料。寄生虫是多細胞動物，正式的名稱是寄生動物。細菌是單細胞生物，以分裂的方式來繁殖。病毒則只具有基因與一層外衣而已。嗯，簡單來說就是這麼回事。

＞渡邊兄說，我上次寄出的信坂上小姐也
＞看過了。

坂上小姐已經看過你的來信。當然也深表關切。

＞尊敬坂上小姐。難道不可能收到坂上小
＞姐寄來的任何隻字片語嗎？

我想，你大概不久之後就會收到坂上小姐本人的電子郵件了。坂上小姐對我說，可以告訴你如何進入祕密留言板。坂上小姐的網站留言板分成許多項目，這你已經知道了。你最早留言的地方，是給新訪客的留言板。（名稱是〈給新朋友的隨機存取留言板〉，請不要認為誤解了隨機存取的原意或說是俗氣，這是坂上小姐對於PC和網路都還不太熟悉的時候所取的名字，很可愛。）下一頁，是依照項目分類的留言板選單。請選擇學術文化應有盡有君大集合，其中生命科學通論那一項。生命科學通論這個項目下還會再細分，請點入其中病原微生物那一項。在病原微生物的網頁中有個隱藏的網站。將病原微生物的URL倒數第二個斜線之後，也就是/invisibleinvader/最後的兩個字母er刪除作為新網址，用瀏覽器開啟連結。那裡就是祕密的共生虫網頁。你想要知道的資料一定可以在那裡找到。

上原回到公寓後，到了黃昏時分，電子郵件信箱裡收到了渡邊的回信。上原對於信中內容感到滿足，能夠確認一隻腳不良於行的女人的住處也讓他興奮。在進入祕密留言板之前，上原打算讓心情稍微平靜一下。還有一件值得期待的事情在等著，這麼充實的一天的黃昏，似乎必須舉行什麼儀式來慶祝一下。

Espresso咖啡機就放在冰箱上面，連百貨公司的包裝紙都還沒有拆開。上下兩部分都呈圓錐形，以螺紋溝槽緊密固定在一起的結構設計。上部的圓錐形容器設有倒出口，內部則裝有放置咖啡粉的漏斗狀器皿；下面內部也裝有一個附有長管的漏斗狀物體，底部還有許多的小孔。按照說明書放入咖啡粉，加水，放在瓦斯爐上開小火加熱。像這個樣子煮咖啡的場合，上原覺得應該要用礦泉水才對，可是家裡沒有現成的，只好使用自來水。明天再去那家便利商店買吧。那家便利商店的飯糰，出乎意料地非常可口。還有坐在那個日照良好的長椅上吃也很棒。安靜，又能夠遇到那個女人。一切都在順利運行著，彷彿這麼一天是早就準備好了似的。我以前都不知道會有這種事，上原心想。醫生可能已經說過了有一萬次，睡眠不足是最糟糕的了，可是那根本就是胡扯。昨天晚上才睡了不到三個小時，可是我不但獨自外出，去便利商店購物，還在外面的長椅上享用了飯糰。飯糰好吃得不得了，還聽到了微弱但是清楚的鳥叫聲。不記得這幾年來曾經聽過鳥叫聲。除了甜點、蛋糕和水果之外，也不記得這幾年來曾經感覺到食物的美味。或許是藥物令味覺變得遲鈍，使得他只吃甜食。母親誤以為上原喜歡吃甜食，經常會買來給他。曾經一次吃過十二個草莓蛋糕；二十一個栗子慕斯；十七個草莓糬；也曾一次吃下一公斤哈根達斯的香草冰淇淋。去冰果室的時候也必定要吃掉好幾人份的巧克力百匯。只不過那種時候雖然吃的是甜食，卻根本分辨不出草莓蛋糕、栗子慕斯或是草莓糬不同的滋味。只不過是甜食似乎比較容易下嚥而已。

從淺眠中醒來時，會突然產生想要吃甜食之外的東西的慾望。發生的情況就和出其不意襲來的強烈性慾一樣。記憶有如不安定的氣泡般，從身體的表面冒出來，化為已經遺忘的食物的色香味迸裂開來。雖然已忘了是什麼時候的事情，但是Espresso也是這樣突然浮現在腦海。不記得自己曾經實際喝過Espresso，應該是在電影還是雜誌上看到的吧。跟母親說想要Espresso咖啡機，母親問那是什麼，當場就慘遭暴力相向。上原失去了控制，用吸塵器的管子不停毆打母親。當額頭和下巴都包上繃帶的母親把煮Espresso用的咖啡機和咖啡粉買回來的時候，一如往常，他又對Espresso沒有興趣了。

以兩個反向的圓錐組合而成的Espresso咖啡機鍍了鉻，表面非常光亮。好像發亮的沙漏一樣。剛才點火時，表面曾瞬間起了一層霧。上原發現，咖啡機還會發出比外面公路上來往的卡車引擎聲還要大的聲音，好像汽笛聲。那是蒸氣迅速湧過細管的聲音。聞著飄出來的咖啡香，忽然想起那個女人住處的事情。那女人的屋子裡傳出多隻生物的叫聲。聽起來像是貓，又像是小孩子的哭聲。女人住在那三棟平頂，結構類似組合屋的建築最裡面的一間，印象中附近似乎沒有其他人居住。悄然無聲，有些窗戶破損也沒有修補，有的還用木板封住了大門不讓人進出。最前面的建築物旁邊有個像是古老招牌的東西，上面隱約殘留著東都影業．新日本新聞膠卷剪輯室的字跡。非常古老的建築物。建築物之間堆放著垃圾袋與成捆的報紙和雜誌，酒瓶滾倒在地，只聞到一股霉味與土味。一棟建築物的樓板下有個被雨淋濕的紙箱，蓋子開著，裡面塞滿了白色的物品。上原從地上撿起一塊破木板將那白色物品戳散，原來是一堆白色的薄布手套。雨水和塵埃使得大部分的手套都已汙穢破損，只有最內部仍保有原來的形狀與顏色。上原用破木板挑起其中一隻。看在眼裡，那手套的白顯得很奇怪。

儀式般的過程整個結束後，將 Espresso 咖啡倒進杯子裡來喝。感覺到濃濃的苦味。若是能夠確實感覺到苦味就表示復原了，這句話聽醫生講了大概有一萬遍。為什麼自己會開始恢復呢？他思索著。是因為該殺的人出現在眼前的緣故，上原這麼認為。

上原連結到坂上美子的網站，望著首頁的選單好一會兒。包羅萬象全天候歡迎留言板，以粉紅色字顯示。此外還有坂上美子的日記小屋，以紅字表示；坂上美子個人史與所有作品介紹，以橙色字表示；坂上美子所選本世紀的偉人、作品與自說自話，以黃色字顯示；給新朋友的隨機存取留言板，以褐色字表示；您是這裡的第１２８０９４位訪客，以白色字顯示，而且１２８０９４這個數字還會閃爍變成紅色。網頁的整體設計讓上原有種懷念的感覺。像這樣望著這個入口已經是第六次了。第一次上站的時候只是靜靜地看著，什麼也沒做。第三次上站的時候才想到要寫點東西，到了第四次才實際留下文章。第五次上站時寫信給坂上美子，接下來，如今是第六次。到底是什麼人創造了 Homepage 這個名詞的呢？上原覺得十分佩服。如此這般到了第六次上站，就很清楚這個名詞的音韻意義了。光是看著頁面的編排、設計，以及各種顏色的文字，一種回到懷念場所的感覺不禁油然而生。就好像打開一本早已看熟的畫冊，或是說好像接觸到從小到大看慣了的景色，有種安心的感覺。這是我的家，上原心想。我在這裡獲得新生，而且逐漸成長。今天，就不進去給新朋友的隨機存取留言板了，而是跳到包羅萬象全天候歡迎留言板的入口。人類也是一樣。剛開始只認識搖籃或是嬰兒床，但是慢慢就會開始到家中各處以及院子裡探險。如今的我即將實地經歷這樣的成長過程。

全天候歡迎任何人的留言板，這個畫面在眼前展開。整體的基調是沉穩的粉紅色。最上方以顯眼的黑字寫著：禁止中傷、攻擊或是宣傳特定的團體與個人。包、羅、萬、象、全、天、候、歡、迎、留、言、板，略帶圓體的淡橙色字依序浮現出來。我是第一次來到這個房間，上原想到這裡不禁心情激動。本留言板細分為許多項目。找不到符合項目的朋友，請移駕給新朋友的隨機存取留言板。頁面中央排列著各項目。

政治君的房間1：通論
政治君的房間2：行政改革
政治君的房間3：安全保障．軍備
政治君的房間4：琉球問題
政治君的房間5：環境問題
政治君的房間6：官商勾結
政治君的房間7：外交．國際問題
政治君的房間8：福利&年金&社會保障
政治君的房間9：國家主義
政治君的房間10：憲法
政治君的房間11：關閉中

經濟君的房間1：通論
經濟君的房間2：亞洲金融危機

經濟君的房間3：呆帳
經濟君的房間4：大霹靂
經濟君的房間5：投機事業

這些項目之後有個像是漫畫中的對話框，裡面用圓體字寫著：政治君的房間與經濟君的房間是相通的喲。

社會君的房間1：援助交際&青少年犯罪
社會君的房間2：單身赴任&過勞死
社會君的房間3：失業&老年化社會
社會君的房間4：歷史教科書
社會君的房間5：網路倫理&知的權利
社會君的房間6：歧視問題&歧視用語
社會君的房間7：不倫
社會君的房間8：考試制度&教育一般問題

社會君的房間9：災害&義工
社會君的房間10：名人的自殺
社會君的房間11：媒體批判

學術文化應有盡有君大集合1：生命科學通論
大集合2：漫畫．動畫是我的最愛
大集合3：世界杯足球賽
大集合4：日語漫談
大集合5：日本電影加油
大集合6：好萊塢萬歲
大集合7：歐洲電影欣賞
大集合8：最近閱讀的小說
大集合9：流行流行流行樂
大集合10：歌劇與芭蕾舞
大集合11：我的NBA．NHL

大集合的項目一直延續下去，令上原懷疑是否永遠不會結束。各個項目旁記錄著回應的篇數。例如27項有兩篇，37項則超過了三百篇。依照渡邊的指示，上原點選了生命科學通論這一項。生命科學，四個紅字浮現在螢幕上。深入樹狀結構下的頁面，這種體驗還是第一次。心情就好像幼童在家裡探險一樣，但因為自覺是在家裡，並不會有不安的感覺。

生命科學1：基因改造與複製技術
生命科學2：人類基因體解讀
生命科學3：癌症與免疫
生命科學4：腦神經系統
生命科學5：起源模擬
生命科學6：代謝物質與酵素
生命科學7：病原微生物
生命科學8：進化論的現況
生命科學9：生命倫理與尖端醫學
生命科學10：生命科學與哲學

看到這些項目出現，上原不禁產生了優越感。有一種唯獨自己能夠與高層次世界接觸的感覺。版面設計也與其他房間不同，顯得比較知性，例如沒有像是手寫的圓體字，整體統一成單一色調。上原點選了生命科學7的選項。視窗中的ＵＲＬ網址以 http://www. 起始，接著是 Sakagamis-appointment.com，然後在 /bulletinboards01/ lifescience07/ 的後面，排列著如同渡邊所說的英文字。將那個單字最後的 er 刪除，指定成新的ＵＲＬ網址，以瀏覽器連結開啟。

接著出現一個全黑的畫面，先是浮現出警告兩個字，然後出現內容。

凡誤闖或企圖入侵本網頁的人士請即刻退出。若是無視警告逕行入侵者，請做好心理準備，我們將在不觸法的範圍內進行報復。入侵者的電子郵件信箱立刻就會被追查出來。

ＩＮＴＥＲＢＩＯ

這段警告還附有英文翻譯，下方則是以另外一種字體顯示了以下的資料。

1998年10月19日，現在，獲得許可之新訪客唯有下列一名。

姓名：上原博史

住址：東京都東村山市澤口町3-44-2窪田莊五號室

3

以滑鼠單擊上原博史這個名字之後，便浮現了粉紅色的 Welcome 字樣，彷彿打開一扇門似的，黑色畫面張裂開來。出現了綠色的 inter-bio 字樣，還有以英、日文表示的 symbiotic-worm・共生虫，文字下方是讓人聯想到凶惡動物牙齒的電腦繪圖。仔細一看，讓人聯想到凶惡動物牙齒的電腦繪圖是由數百條細長的虫組成的集團。虫的頭部都一齊往黑暗的洞裡擠，企圖鑽進去。黑暗的洞像是什麼管子的入口，又像是人的嘴巴。上原直盯著那張圖很長一段時間。成百上千條只有頭部略粗，細長的虫。那一天，在只是在等死的三名老人的病房裡鑽進自己眼中的白色細長的虫，與這些是不是同樣的東西，上原並不清楚。

……由寇特斯司令所率領的西班牙人一行約八百人抵達墨西哥的時候，發現當地的阿茲特克人擁有非常制度化的活人獻祭現象。

代號蘭格漢斯的網友的文章就這麼開始娓娓道來。

寇特斯的部隊僅僅只有八百人，憑藉這樣的人力到底是如何征服當時擁有三十萬人口與高度文化的阿茲特克帝國，這一點容後再敘，不過這個論述非得觸及阿茲特克族的活人獻祭不可。當然，半日常性地以活人獻祭的並非只有阿茲特克人。中美洲的馬雅人與托爾特克人也會以活人來祭神。四面陡坡的平頂金字塔，咸信全都是進行此一儀式的舞台。

猶加敦半島的地層幾乎都是多孔隙的石灰岩，因此可以說幾乎看不到任何水量豐沛的河川或是湖泊。雨水全部都被石灰岩吸收，消失了。猶加敦半島的國家在建國之初，必須先以人力挖掘地下儲水池，再以石灰塗布固著。當然，不可能是在國家形成之後再來進行這種大工程，而是這種大工程促使國家形成。如此一來，人民終於得以開闢水路並用以灌溉丘陵上的旱田，更在德斯科科湖一帶發展出稱為Chinampas的浮游式田園，人口由數萬增加到最多的兩百萬，諸多支撐墨西哥盆地的重大事業也得以逐一完成。但即使如此，糧食的生產仍是慢性不足，諸帝國群轉眼間便在連年的致命饑荒中消失了。

來到墨西哥的西班牙軍隊司令寇特斯及其部下，目睹了駭人的景象。在阿茲特克末代國王蒙特祖瑪二世帶領下，寇特斯進入了鐵諾奇帝蘭城的大神殿，見到裡面陳列著無數的人類腦袋、下顎、牙齒與其他部位的骨骸，也親眼目睹不久之前才成為祭品的印第安俘虜的心臟，放在專用的石頭上燒烤。

由於阿茲特克活人獻祭的相關文獻相當多，在此就不再贅述。活人祭品，靠持續不斷的小規模衝突所擄獲的敵人來補充，不用說也作為食物。也就是祭品會供作食用。根據著名的瑪薩里斯．狄亞哥的記述，情況如下：

心臟被剜出來高高舉向天空，血液則朝太陽神潑灑而去。由於太陽向西方下沉，屍體便由金字塔朝西方位的階梯推落。獻祭之後，戰士們便陶醉於舞蹈，儀式，以及食人的慶典之中。

烹調屍體的方法，大多是加上胡椒和番茄調味來燉，但是阿茲特克族之所以食人，當然並不是起源自殘忍的興趣。當時的阿茲特克不但嚴重缺乏動物性蛋白質，就連玉蜀黍及豆類的生產也不足，無法攝取必需的胺基酸。對於肉類的渴望，是一種在生物學上被正當化的特殊狀況。因為蛋白質的量嚴重匱乏。

以祕魯的印加帝國為例，有一種駱駝科的動物，叫做駱馬，可以以人類無法食用的硬纖維質為食。在冰河末期的中美洲，這類反芻動物的資源要比其他地區更形枯竭。

祭司會將祭品的血裝入葫蘆中，交給擁有該俘虜的王公貴族。心臟放入火盆中，加入一種名為柯巴脂的香料一同燒烤。頭骨則陳列在神廟裡的架子上。只不過，阿茲特克的食人習俗在於儀式，其中絲毫沒有品嚐珍饈的嗜好性成分。可供食用的部分都完全加以利用，一點都不會浪費，就如同鯨魚在日本被解體與消費是一樣的。

阿茲特克的戰士都經過訓練，盡量將敵人生擒。擄獲的敵人都會遭到語言難以描述的拷問。拷問極具經濟效益。一般以為，只要對俘虜施以最殘酷的拷問，獲得的效益等同於殺敵千人。看到人類遭棍棒毆打、火燒、拔掉指甲、斬斷手腳，會令我們的祖先感到興奮，但若是在今天，則無可避免會受到人道主義的批判。我們就是具有這種以他人的痛苦為樂的天性。

與第四次戡亂部隊同行的傳教士法蘭西斯科·歐力維拉，留下了非常有意思的紀錄。俘虜被殺之前必定會遭到慘不忍睹的虐待。心臟被視為勇猛戰士的象徵，特別受到重視。食用俘虜心臟的權利，只有少數戰功彪炳的戰士，經過祭司或國王認可之後才能夠擁有。而且只有男性俘虜才能夠充作祭品。舉行儀式之前，俘虜會被囚禁在專用的小屋中，並且受到不損其威嚴的禮遇。除了能夠享用珍禽斯比鴉等等特殊食物之外，身分地位較高的俘虜有時還會獲賜女人。除此之外，在舉行儀式的數天之前，俘虜們還會被迫吞食白色的虫子。那種虫採集自湖中的一種大型魚的體內，虫身非常細長而且具有環節。那種虫，阿茲特克人稱之為比歐奇奇斯。虫子密密麻麻寄生在大魚的筋肉間，簡直會讓人誤以為是魚的器官。捕獲這種大魚時，祭司便會以嚴肅的態度仔細將虫採集起來。由於虫體一被手碰觸便會斷掉，要用經過鞣製的柔軟狗皮小心掬取，然後放入以鮮豔色彩繪上半月與魔女圖案的陶製容器中。容器中裝有大魚的血液，虫就在血中來回游著。雖然俘虜必須連血帶虫一起吞下肚子，可是沒有一個人會拒絕。因為他們都相信那種虫具有神聖的力量。數日之後，俘虜就會陷入強烈的陶醉感之中，於是儀式就準備妥當了。俘虜們即使被斬斷手腳仍然會保持笑容，經常還會大吼大叫，並不斷唱著自己部族的戰鬥歌曲。儀式當天，俘虜們在被殺之前會先受到各種酷刑，前端燒紅的樹皮是重要的刑具。手部與臉部用泥土彩繪、戴著人牙首飾的老嫗們，口中一面咒罵著，一面用那樹皮去燙俘虜的眼睛、裸露的生殖器，或戳入他們的喉嚨與肛門。俘虜們即使如此仍不會從興奮狀態中冷卻下來，其中甚至還有人會射精。接下來，他們就在這種恍惚的狀態下遭到斬首，心臟也被剜出。

事實上，歐力維拉這份紀錄並非最古老的共生虫紀錄。除了造訪新大陸的西班牙人有共生虫的紀錄之外，在伊朗方面以波斯語撰寫的蒙古帝國歷史典籍中也可以找到，被視為殺戮與勇氣的象徵。歐力維拉紀錄中的比歐奇奇斯，這個名稱也有symbiosis，共生之意，與偶像崇拜也有關聯，這些語源上奇妙的一致性在印歐語系的研究中都很清楚。

僅僅八百人的寇特斯部隊，之所以能夠統治三十萬人的阿茲特克帝國，不必說原因就在於天花，病原微生物對於儀式、政治以及歷史的影響之大，是現代人怎麼也無法想像的。

蘭格漢斯的文章到此告一段落，下一篇的作者是代號ＶＸ毒氣的網友。雖然對於阿茲特克這個地方沒有具體的概念，但是這個固有名詞卻令上原微微顫抖。俘虜遭到凌虐與拷問的描述令他興奮。心跳加速，顏面潮紅，陰莖莫名地勃起。上原暫且將筆記型電腦從腿上拿開，許久以來第一次手淫。大量的精液射出之後陰莖一時之間仍然硬挺著。彷彿自己化身成阿茲特克神祕古代都市的祭司似的，上原在這樣的心情下讀起ＶＸ毒氣的文章。

在這裡發表文章總是讓人緊張，彷彿自己是闖入高原上的蝴蝶一樣，幸好今天是秋季的第一個週末，而且我打算像米特．傑克森（Milt Jackson）的vibraphone聲響那樣（我所說的可跟自慰用的振動器無關，是指鐵琴），輕輕地，並且像坂上小姐經常叮嚀的那樣，嚴謹地寫下這篇文章。在美國的生化學界，幾乎找不到有共生虫的相關資料。在下ＶＸ真正的專業既非生化也不是腦內化學，而是一門鳥瞰極其錯綜複雜的生物學的學問，或許可稱之為生命倫理或是蓋婭理論，而本人所服務的研究所，目前正在流行研讀本世紀初的研究論文。

之所以會如此，是由於生物學研究正由光學顯微鏡跨進電子顯微鏡領域，處於青黃不接時期，若簡單以爵士樂為例的話就是：拜託別再搞這種亂七八糟的東西了。換句話說，就是當時，擁有許多最近以分子觀點進行探討的生物學所沒有的，類比式的重大發現。尤其是本世紀初德國的研究論文。其中，在動物感染症方面即使不能說是權威也是準權威。長得有點像前德國足球代表隊教練福士的海因茨大叔，他的《羊之腦下垂體中副腎皮質刺激荷爾蒙的生成》論文中，就可找到不久之前造成話題的腦內類鴉片物質相關資料。海因茨大叔的父親是比利時與德國交界處艾爾費德丘陵區的資本家，加上他自己又是獸醫，所以能夠將數萬頭羊的腦子磨碎進行研究。一九六〇年代，加州大學舊金山分校的蘇漢，以及史丹福大學藥理學教授瓦迪米爾．威廉史博格的研究所得，其實尚克早在其數十年前就已經獲得了幾乎相同的成果。

以一句話來說，由於發現了腦內類鴉片物質的前驅物，如今我們已經很清楚地明瞭，尚克所分離出來的物質是POMC，也就是Pro-opiomelanocortin。這可要比約翰．休斯與蘇格蘭的研究團隊於一九七〇年代中期成功抽出腦啡肽要早上好幾十年喲。一九二〇年代初期，艾爾費德丘陵區發生了可怕的羊傳染病。由於這是個著名事件，經常出現在那種以超自然現象為題材的無厘頭電視節目裡。數萬隻羊從懸崖往下跳集體自殺、互相攻擊致死，或是咬小孩子，但不論在當時或是現在，一般都認為羊是一種不具攻擊性的動物，尚克自然也將這些羊的腦子磨碎加以研究，發現變得凶暴的羊腦內，ＰＯＭＣ都已經被撕裂成了胺基酸的碎片。後來更知道，ＰＯＭＣ是腦啡肽、內啡肽、代諾啡的前驅物，也是這些物質的前驅物β—ＬＰＨ、β—ＭＳＨ等等的前驅體。

此外，尚克還在數百隻羊的骨髓周邊發現了似乎是某種寄生虫碎片的物質。非常微量，並沒有辦法進行嚴謹的分類鑑定，除了對共生虫感興趣的人之外不具任何意義，但是據尚克推測，這種疑似寄生虫碎片的物質與ＰＯＭＣ遭破壞有所關聯。

這種怪虫的排泄物中含有某種物質，能夠截斷腦內類鴉片物質的胺基酸排列，除此之外我們一無所知。而且，是在極其偶然的狀況下才會發生截斷的情形。

腦內類鴉片物質的作用方式並不一致。在此一言難盡。其複雜程度讓我不知道該如何說明才好，而且也沒有把握自己是否已經完全理解。我在此以毒癮為例來探討一下。不知是幸還是不幸，毒品種類之多有如繁星。可是，我希望大家先來思考一下，為什麼像嗎啡或海洛因這一類的東西能夠對我們的精神或是肉體產生作用呢？在歷史上，這個疑問因為內啡肽的發現才得到解答。換句話說，嗎啡之所以會對身體產生作用，是因為體內原本就會製造與嗎啡非常類似的物質。細胞，是一種遠遠超乎我們的想像，頑固、強固而且獨立的組織，外面隔著一層細胞膜，除了必要的物質之外，其他亂七八糟的東西都無法進入。我說啊，這簡直就好像上了一個跟公共廁所一樣的女人，結果病毒啦細菌什麼的全都進了體內落得悲慘的下場嘛。那麼，什麼樣的構造才能夠只允許必要的物質進入呢？答案就是受體。受體正是生命的奧祕之處，病毒之所以會在特定部位造成感染，也是因為受體的緣故。流行性感冒病毒並不是只能夠從咽喉或鼻腔入侵人體，也會從傷口潛入，可是，只有咽喉細胞的受體與流行性感冒病毒的外衣相吻合。至於大家最感興趣的ＨＩＶ，則只能夠侵入ＣＤ４這種免疫細胞。我們的身體裡擁有一種化學物質，俗稱荷爾蒙。這種化學物質是由動物體內特定部位（一般是內分泌腺）所製造，不經導管，而是直接分泌至體液中輸送到體內其他部位，並且對該處特定組織的活動造成一定的影響，而且是時刻不停地散布到全身各處，為什麼這些荷爾蒙能夠輸送到目標的臟器細胞呢？想想雖然覺得很不可思議，但這也是因為有受體存在的緣故。雖然經常有人以男人陽×&女人陰×來形容體內循環物質與受體間的關係，但那根本就是胡扯，應該用鑰匙與鎖孔來比喻才對。鑰匙與鎖孔吻合的話就能夠打開細胞的門，並且使得神經細胞興奮或是反應遭到抑制。所以，不論嗎啡也好安非他命也好，之所以會對我們的身體產生作用，是因為我們體內存在著受體。至於為什麼我們的身體裡存在著這樣的受體，是因為我們體內會製造出與嗎啡或安非他命非常類似的物質。

此外，這裡還有內啡肽制動性神經細胞對吧。神經傳訊物質，隨便舉個例子，比方說內啡肽吧，與其對應的有使用正腎上腺素的腎上腺素制動系的細胞。神經細胞間的關係，就像香菸攤的阿伯與七星香菸一樣普通。在街角有個抑制性神經元，隔壁就是興奮系神經元。平時，兩者都接受更上級神經元的指揮，順利運作著。這時海洛因湧了過來。海洛因這種偽腦啡肽纏上了腦啡肽受體，並產生與腦啡肽相同的效果。也就是說，興奮系神經元的去極化作用會受到阻礙而無法發出信號，於是漸漸就不會釋放出作用於下一個神經元的正腎上腺素了。神經根本不會興奮。因此，若是一個人接受過量的海洛因，心臟、肌肉與呼吸系統的興奮便會歸零，甚至會造成死亡。適量的海洛因能夠安定神經，讓人產生無比幸福的感覺。貨真價實的腦啡肽，則會像個傻瓜一樣被迫保持緘默，最後終於因為無用武之地而停止製造。之所以會這樣一再使用海洛因，在生物化學上是非常合理的，為的就是那無比幸福的感覺。我的說明經過極度簡化，可是基本上應該不會錯。

大腦中有一個主司情緒的部位，稱為邊緣系統控制著感情與意識的變化。其中有一個稱為藍斑的腦內警報裝置。藍斑能夠引起警覺、覺醒、恐懼、不安、驚愕等情緒反應。如果不再繼續使用海洛因，由於腦啡肽的製造已經停止，於是正腎上腺素的分泌量就變得過剩了。當然，正腎上腺素會活化神經元興奮程度。藍斑的神經元也會活化。這會造成什麼結果呢？藍斑便會接連不斷造成不安、恐懼及驚愕。這就是海洛因戒斷症。

講到這裡，我只說明了神經傳訊物質、腦內類鴉片物質的作用並不一致而已。尚克博士在羊的骨髓中所發現的虫，據說會將一切腦內類鴉片物質的前驅物切得支離破碎。這會造成什麼結果呢？首先這會讓人想到，原本自然就會截斷前驅物的酵素變得沒有必要了。其次就是，腦內類鴉片物質會遭到破壞。不論是其中哪一種情況，都會使得人類發生一百八十度的轉變。想想尚克的那些羊吧。

上原將VX毒氣的文章讀了好幾十遍，直到內啡肽、腦啡肽等陌生的字眼都能夠毫無遲滯地讀出來。剛開始的時候根本就看不懂到底在寫些什麼，好像在看外國文字一樣。不過並不覺得痛苦。感覺就像是來到外國陌生的城市之後投宿旅館，在房間裡瀏覽報紙似的。雖然上原沒有實際的經驗，卻經常想像自己到了國外。從旅館房間眺望窗外奇妙的風景，前所未見的高塔與建築物羅列，長相與服裝都很奇特的人們在路上來來往往。一個人處在這樣的地方雖然會不安，卻也感到興奮。房間裡的報紙的版面，正象徵著這種不安與興奮。雖然不明白內容的意義，心情卻是激動的。起初，上原就是將ＶＸ毒氣的文章當成這種東西來讀。所以一點也不覺得無聊。

就在數十遍反覆閱讀之後，不可思議的事情發生了。那些根本沒見過、意義不明的辭彙，感覺上似乎化成了象徵性的物體浮現在眼前而逐漸能夠掌握。雖然知道這當然不是明確的科學影像，但對上原而言怎麼樣都無所謂。在上原想像的影像中，內啡肽、羊、女人陰×和安非他命都一般大小，這些東西一面旋轉扭動撕裂，一面尋找著鎖孔。數目驚人的鎖孔都位於柔軟白牆的表面，而內啡肽、腦啡肽、代諾啡、正腎上腺素則化為男性生殖器，正企圖往那裡面插入。太色情了，上原心想。浮現在腦海的這些東西，怎麼說都太過煽情了吧。

ＶＸ毒氣兄的文章總是那麼精采。在下薩爾瓦多之顱。我的文章比較枯燥無味，還請各位多多包涵。

共生虫到底藏在什麼地方，只能說是個謎，一般認為很可能是血管壁或肌肉組織間的空隙。但不管是哪裡，其排泄物都會經由血液與內外分泌的壓力輸送到全身各處。雖然共生虫的藏身之處不明，但是腦內類鴉片的生成之處位於細胞內。DNA被轉錄成傳訊RNA，然後離開核內進入細胞質，接著轉送RNA便開始依據傳訊RNA的指示，在核糖體中合成蛋白質。首先製造出來的是訊號胜肽，其功能是下指令開始合成蛋白質。待數十個胺基酸鏈完成合成之後，便會與已從核糖體中潛出的訊號胜肽，在與核內相通的微細小管——粗面內質網中結合，繼續朝合成前驅物蛋白質的目標前進。從粗面內質網運往高基氏體之際，訊號胜肽會被粗面內質網的胞膜截斷。高基氏體是個儲藏室，而前驅物則會進一步運往稱為濃縮顆粒的微小空間，並且在移動的過程中經由酵素作用，進行蛋白質的凝聚與修飾。前驅物是一長條具有過剩胺基酸序列的物質。已知所有內啡肽中最初四個序列的胺基酸都對麻藥有活性反應。Try、Gly、Gly、Phe，也就是所謂酪胺酸、甘胺酸、甘胺酸、苯丙胺酸等四個胺基酸序列，至於POMC前驅物的胺基酸總數則是二六五個。換句話說，我們體內的蛋白質製造過程中，必須有正確的步驟，將包含多餘部分的胺基酸帶截斷。雖然依照前面所述，這個步驟是靠酵素來進行，但是天生不具這類特定酵素的個體就會有重大殘疾，絕大部分的情況都無法存活下去。

類鴉片神經傳導物質的前驅物大致可分為三類，已經可以確定三者擁有同一個巨大分子祖先。這個巨大分子很可能數十億年前就存在於某種單細胞生物體內，然後在不明用途之下生成了類鴉片物質吧。藉由細胞融合，後來成為我們祖先的多細胞生物便獲得了這種設備。至於共生虫的排泄物具有神祕酵素的功效這個事實，是出自一個非常有意思的假說。共生虫是否存在，目前仍然無法證實。過去雖然有數名墨西哥寄生虫學者嘗試由體內抽取，但並未成功。而且，全世界權威的生物學研究機構都將共生虫存在一事匿而不宣。雖然精神醫藥界與微生物研究者曾經多次討論恐龍的滅絕與共生虫之間的因果關係，奇怪的是，沒有留下任何資料紀錄。在我的印象裡，被設定滅絕的物種，會成為共生虫的最終宿主。共生虫一名，應該也是根據這個特性所命名的。某個種、屬自行設定滅絕，其實也是為了生態系的下一個階段做準備。恐龍的滅絕，對於接下來的環境，換句話說，對於下一時代所有生物的共生，是不可或缺的。共生虫，可說是自我設定滅絕的人類的，新希望。體內供養著共生虫的人，擁有神所賜予的，殺人．殺戮與自殺的權力。

將文章從頭到尾反覆讀了數十遍之後，上原啜起杯底已經冷掉的Espresso。窗外和屋裡都一片漆黑，只有筆記型電腦的螢幕，好像夜裡海上孤零零的浮標般兀自發著光。冷掉的Espresso，味道就好像數百萬片奇異的花瓣所萃取的蜜汁。數小時前沾在雙手手指上的精液已經乾掉，卻不覺得有什麼獨特的氣味。以前聞到乾掉的精液，只會覺得味道令人難過得要命。如今卻不會這樣。三人的文章在上原的腦袋裡合而為一，所有的細節都混雜在一起了。那些叫做核糖體、前驅物、高基氏體的東西在上原心裡具象化成為磚塊、木料以及石柱，進而組合建造出墨西哥的金字塔神殿，在那裡面，身上烙印著內啡肽標記的羊群正在啃食尚克博士的心臟。金字塔的坡面上不斷流著大量的鮮血，名喚為甘胺酸、酪胺酸、苯丙胺酸的詭異矮個子老嫗們正用那血在自己臉上塗抹出圖案。好像只有鑰匙與鎖孔這兩個名詞能夠完全理解。只要將鎖孔想像成毛孔之類的東西就非常容易了解了。感覺就像是將具有毛孔的皮膚整個翻了一面似的，體內有無數的鎖孔，各式各樣的物質化為鑰匙的形狀往那孔穴插去。過去沒有任何東西能夠與鎖孔相合，上原心想。自己身上的鎖孔一直空著，所以我沒有辦法與任何人交談，也無法獨自外出。但是現在不同了，上原心想。所有的鎖孔都插入了鑰匙，門開了，真正的我現身了。想到這裡，一種壓倒性的高亢感覺包圍著上原，數億上兆個鎖孔噴出火焰，那就是最有力的證明。證明我是被神選定的人。上原心裡這麼想，口中喃喃念著背起來的文章。共生虫，可說是自我設定滅絕的人類的，新希望。嘴裡一面念著，一面為外出做準備。獲選在體內供養共生虫的人，擁有神所賜予的，殺人．殺戮與自殺的權力。上原起身走到廚房，找出一把刀柄有些生鏽的菜刀，拿在手上怔怔看著。他打算仿效墨西哥的祭司，用那個腳有毛病的女人的心臟來祭共生虫。

白天來的時候沒有注意到，只有一條出入通道的空地後方還有一堵高牆。牆的那一側有高壓電塔，厚厚的雲層被分割成了格子狀的剪影。有如組合屋的三棟平頂公寓建築，大致與緩坡的坡面平行排列。空地彷彿與聲響和光線都隔離了。白天的時候，上原是跟蹤那女人來到這裡的。在便利商店遇到的，自言自語的女人。上原覺得周遭的景色和白天時的印象不一樣，但是自己已經忘記白天站在同一個地方時到底有些什麼印象了。今天日間來到這個地點觀察建築物的事情，感覺像是遙遠過去的往事一樣，最後，白天發生的事終於都從腦海消失了。三棟像要傾頹似的公寓所在的空地上沒有路燈，也沒有任何一戶開燈。甚至不知道是否有電力可用。上原站在這塊空地的入口處附近。四周有乾枯的草叢，還有沒有輪胎的廢棄機器腳踏車。整片空地寂靜無聲。外面街道上的行人絕對看不到這邊。人們從外面走過時好像當作空地根本就不存在似的。也不知道現在到底幾點了。上原離開公寓走到這裡都沒有看過時間。現在到底幾點了呢，是否入夜沒多久呢，是半夜了嗎？還是就快要天亮了呢？反正怎麼樣都無所謂。既沒有注意錯身而過的路人長相，也不記得自己是從什麼路線怎麼樣走來的。走進這塊空地，打算在人高的枯草叢中坐下的時候，因為差點跌倒，手上劃出了一道小傷。為了穩住身體而用手往地上撐時，被機器腳踏車破損的引擎割到的，但是完全不感覺痛。只是在右手掌留下濕濕的感覺而已。想到握菜刀的時候也許會因為流血而滑溜，上原把右手在褲腿上擦了好幾遍。

在草叢中躲藏了好一陣子，沒見到哪間屋裡有人開燈或有人走進這塊空地，在確定不會引起外面的行人注意之後，上原逐步往最裡面一棟女人居住的公寓靠近。體內充滿了熱，手腳都沒有了感覺。眼睛已經適應了黑暗。上原望著直接釘在面前建築物牆壁上的招牌好一會兒。墨色幾乎都已剝落，很難看出原本寫了些什麼字。只能夠辨識出「膠」和「室」兩個字。那兩個字有什麼意義，身體被奇妙的熱力所支配的上原並不明白。除了以黑墨寫在二十五開大小的木板上那些文字之外，環顧整塊空地都找不到其他像是有意義的東西。彷彿即將崩塌的三棟建築物，屋後面的高牆，化為剪影的鐵塔，剛才上原藏身的草叢，一旁的瓦礫山，裸露的泥土地上的幾個水窪，扔在坡地上的空罐與破瓶子，扭曲變形而且沒有輪胎的廢棄機器腳踏車，映入眼簾的一切都顯得很抽象，讓上原覺得非常容易掌握空地的狀況。冷藏庫中罐子上結著水珠的冰涼寶礦力水得，便利商店店員制服上的名牌以及他們的問候與談話，店裡雜誌封面上袒胸露乳面帶微笑的女郎，河邊的花圃，在一旁的小遊樂場玩翹翹板的孩子們，掛在酒鋪屋頂ＬＩＱＵＯＲ ＳＨＯＰ的招牌文字，從路人耳邊隱約傳出的隨身聽聲音，雙輪俱全而且實際可以騎乘、車身色彩鮮豔的機器腳踏車，以及人們穿著黑襪邁出步子的腳，這一切覆蓋著市街表面的東西，過去上原從未覺得是現實，而且也覺得自己被完全隔離在這些東西之外，個中原因他認為非常明顯。自我設定滅絕的物種，恐怕就是會用這些個現實感稀薄的東西來裝飾自己的周遭吧。反正只是為了打發掉滅絕之前的時間而活著，所以討厭有意義的對話。今天的風可真大啊。離開公寓時似乎聽到有人對自己這麼說，不過那位仁兄所要表達的，並不是說這番話的當天，在時間上來說既非昨天也非明天而是今天，既非下雨或下雪而是在氣象上所謂空氣流動的風，既非普通也不是微弱而是強，這些個事實。那個人純粹只是將自動鍵入心裡的〈今・天・的・風・可・真・大・啊〉隨口吐出而已。雖然大家應該都已經注意到了這種情形，可是沒有任何人會提出質疑。若是無關緊要的人倒還可以原諒。反正純粹只是為了打發時間，就算是聊起電視節目，用小喇叭播放音樂，在電車上身體緊緊挨在一起，上原認為都是些無可奈何的事。親人對自己做出這種事情就無法原諒了。不希望自己被利用來打發時間。所以自己才會對親人暴力相向，並且避免與跟自己沒有關係的其他社會大眾交談。要與那些覺得只要將時間打發掉就好的傢伙好好相處，是不可能的事情。因為共生虫已經教會我這件事了，上原心想。所以我才會守著自己，並經由網路結識了其他在意這件事的人，也獲得了最終的目標。原本在我心裡四分五裂的東西已然統一，並且終於得以與重要到缺少了就根本無法生存的事物有所接觸。

確定四下無人之後，上原來到最裡面女人住的公寓前。屋裡僅僅漏出些許光亮，上原很慶幸女人確實在這棟建築物裡。仔細一看，才知道窗戶內面用黑紙之類的東西貼住，所以在草叢裡的時候才沒發現燈光。屋裡傳出多重的聲音，好像無數的貓叫聲，又像是風吹過海面的聲音。人類的身體到底有多柔軟呢？上原思考著，然後取出藏在懷裡的菜刀。刀柄雖已生鏽，但刀尖仍然銳利，用力刺出的話可能連鐵皮都可以貫穿。ＩＮＴＥＲＢＩＯ的網頁上描述墨西哥活人獻祭儀式的文字逐漸化為影像在心底甦醒。手部與臉部用泥土彩繪、戴著人牙首飾的老嫗們，口中一面咒罵著，一面用那樹皮去燙俘虜的眼睛、裸露的生殖器，或戳入他們的喉嚨與肛門。上原輕輕敲了敲玄關門。應該不會有人應門吧，他心想。正打算找顆稱手的石塊破門而入的時候，門突然開了，女人探出頭來。逆光使得他看不清女人的臉。看起來像是一個頂上長了毛的黑色團塊。

「來得太晚了吧。等你好久了。」

黑色團塊的這句話讓上原嚇了一跳，立刻將原本打算刺出的菜刀藏到身後。

4

「進來吧。我的事情正做到一半，你就喝個茶等一下吧。」

黑色團塊說著關上了玄關門，指著昏暗的屋裡。上原把菜刀插進腰帶裡藏好。黑色團塊拖著腳往屋裡移動，在電燈泡的光線下隱約可見中心部位的臉。但一時之間上原無法判斷那張臉是否與白天見過的女人的長相一樣。一方面也是因為燈泡光線非常暗的緣故。照明只有那一顆燈泡而已，白色燈罩用黑布罩著，讓光線只能照亮半間屋子。

「剛剛好，我正在剪接你一直說想要看的東西。不過我還是暫時把剪接機先關掉吧。怕把底片給燒了，所以要先關掉。」

房間呈狹長形。好像在座椅統統拆掉的電車裡似的，上原心想。狹長的屋子被亮度區隔成兩半。燈泡照亮的半部還有個小廚房。廚房與玄關相連，也沒有鋪設地板。女人先進去昏暗的屋內把某種機械設備關掉，然後從上原旁邊閃過、穿上拖鞋，用搪瓷水壺在流理台旁邊的塑膠水桶汲了水，打開瓦斯爐開始燒開水。雖然看不清楚房間內部的昏暗處，但是女人關掉開關之後原本充斥整間屋子的機械聲就停了。

「進來吧，我先泡茶。你喜歡可可亞對吧？我正好有可可亞，泡給你喝。加牛奶會更好喝，可惜沒有，不好意思啊。你在幹什麼，快進來啊。」

上原看著女人打開可可亞的罐子，同時脫掉球鞋進到屋裡。屋裡沒有鋪榻榻米也沒有鋪木頭地板，而是鋪著一種像是厚塑膠布的東西，而且多處都已翹起剝落了。廚房裡有流理台、放置生鮮垃圾的容器、瓦斯爐與小型電冰箱。水龍頭已然生鏽。流理台內側還長了青苔。上原從未見過像這樣的廚房。

窗戶都用黑色厚紙從屋內封了起來。外面的聲音都進不來。站在廚房的女人穿著黑毛衣、灰色寬鬆長褲。上原不記得這是否和白天在便利商店遇到她時的服裝相同。面帶微笑等著面前的水燒開的女人，是否真的就是在便利商店遇到的女人，上原也不敢肯定。站在廚房的女人腳踝腫著，所以拖著腳走，可是，白天遇到的女人是否也拖著腳走路，已經無法清楚地回想起來了。就連為了殺掉那個女人而來到這裡一事，也因為正打算闖入屋裡時突然有人招呼，在自己心裡也變得不明確了。在女人屋裡的上原，必須努力要自己打起精神才行。一則是第一次來到這種人家，再者對上原而言，進入別人家裡也是個重大事件。玄關門突然打開的時候，女人的臉因為逆光而成了黑影。認不出是什麼人。彷彿不是人類的臉，感覺非常抽象。並不是說像人偶或是機械人之類的東西，而是好像成為人類之前的元素塊體或是人類死亡之後的殘骸。如果不是因為逆光而看不清女人的長相，或許上原就會像平常毆打母親那樣發作而將菜刀刺出也不一定。剛開始隱居時，上原曾經被帶往兒童協談諮詢中心，一名年輕的心理治療師利用影子來和他交談。那個心理治療師藏在桌子後面，在牆壁上打出狐狸的手影，透過那隻狐狸間接與上原交談。小狐狸，我想和上原同學說話，可是上原同學還是什麼話都不回答。小狐狸，你覺得應該怎麼辦才好呢？嗯，要怎麼做才能夠讓上原同學回答我呢？我想和上原同學交朋友，可是上原同學都不說話，這就很困難了耶。小狐狸，如果什麼話都不說，就很難變成真正的好朋友了耶。

上原心裡明白，女人把自己誤認成另外一個人了。有人這樣來攀談，很快樂。沒有必要緊張。因為覺得自己似乎化身成另外一個人，而女人則是透過上原在和另外那個人交談。剛開始隱居時還認為，若是一切交談都可以靠留言的話，會是多麼愉快的一件事情啊。面對面直接交談實在太恐怖了。如果人家要求提出意見的話就更可怕了。

「可可亞泡好了。坐啊。」

女人把冒著熱氣的可可亞倒進琺瑯杯子裡端過來桌上，示意上原在套著奶油色椅套的椅子坐下。雖然桌椅都很小，仍占據了狹長屋子的大部分。像是盆栽底座似的原木桌鋪著蕾絲桌巾；有扶手的塑膠皮椅，靠背上掛著椅套。桌巾和椅套都是相同顏色相同質料，還很新。是這個女人自己做的吧，上原心想。女人一面自言自語一面織出桌巾和椅套，上原心裡想像著這幅情景，在椅子上坐了下來。

拿起可可亞的杯子時，女人發現上原的手受了傷。女人站起來，去桌子旁邊的架子上拿了個急救箱之類的箱子過來，取出藥塗抹在上原手上，然後用繃帶包起來。看起來很熟練。包紮繃帶的手法非常俐落。鮮豔的粉紅色，黏黏的像是果凍的藥，散發出夏天的草香。

「受了傷不搽藥可不行吧。你總是這個樣子。因為愿山兄好像死了，我還以為你是不是也死了。愿山好像是中風。好久之前我已經把所有的照片都燒掉了。不好意思你的照片也燒掉了。你也知道，照片這種東西，一燒過就變成了噁心的土黃色。那真是惹人厭。好像被玷汙了似的。我經常會夢到你雖然說是夢可是不知道為什麼會那麼不可思議不過真的是相當詭異的夢我和你在夢裡前往上板橋來到上板橋的攝影棚還記得有個總是裹著紅色系頭巾的年輕領班叫做酒井的人吧？酒井曾隨攝影班拍攝照片不過那當然是在夢裡的事其中有個打針的鏡頭一個人在女演員的大腿上打針可是立刻就被識破那是另外一個人的大腿我和你為此而抱怨影像可沒有那麼容易唬人不應該拍攝出這麼可恥的鏡頭吧我和你這麼一說酒井就滿臉通紅勃然大怒說你在那次勞資糾紛中擺脫糾察員的往事根本就是謊言我和你氣得用警棍毆打酒井的臉然後我們就被追捕，事實上就是那個時候逃走的不是嗎？那個時候你跟我一起逃走的對吧？逃到哪裡去了呢？就是那個防空洞嘛。躲進防空洞然後在那裡待了好久喔。自從你失蹤了之後我曾經去那個防空洞找過好多次可是你都躲起來了的對吧？雖然我明知道可是又覺得你不願意出來因此我沒有叫你的名字而且又怕白天去說不定會被別人看到所以一定都是在半夜去可是就算進去裡面我也沒有打開過你的袋子或是箱子所以別擔心喔。因為好久沒有這樣和你說話了有好多的話想說但事實上卻連從哪裡開始說都快搞不清楚了不過你在那個防空洞裡對吧？喂，我去的時候你也在對吧？我認為絕對是那樣沒錯。你在對吧？」

就這樣數度被問及，上原都輕輕點著頭。只是不明白防空洞一詞真正的意思到底是什麼。不過，根據女人談話內容的前後關係來判斷，應該是避難的場所吧。雖然不是躲在防空洞裡，但是上原也一直在避難。女人彷彿像在朗誦寫好的文章似的說著。說話的方式，就好像內容早已決定好，然後一個人反覆練習了好幾遍似的。這是長期獨自生活的人的說話方式，上原心想。若是自己發了瘋，和別人談話時大概也會用這種方式說話吧。不和任何人說話，長期一個人獨處的人，就會在自己心裡進行幻想的會話。在就寢之前，閉上眼睛和特定的人物對話。談話的對象並非母親、妹妹或醫生這些目前在自己身邊的人，而是只限於小學同年級的女生、只吵過一次架的男同學，或是便利商店的女店員這些關係平淡絲毫不親密的人。只交談過一次，或是連長相都想不起來的對象。雖然不知道為什麼只限於這種對象，但是覺得和這些人隨便說什麼都沒關係，而且也覺得應該有話可說。談話的情境以及剛開始的幾句對白都是固定的。例如小學同年級的女生，是在學校門口正要騎上腳踏車。她問上原有沒有當時電視卡通的相關產品。這到底是不是現實中發生過的事，上原已經想不起來了。很可能並沒有實際和那個女生說過話。只是曾在校門口看到她正要騎上腳踏車。距離校門口僅僅數十公尺處，女孩子和上原一同邊走邊聊著電視卡通。就像這樣，虛構的對話在幾個月甚至幾年的重複之下，便擁有了如同現實般的細節。

「果然沒錯。我就說嘛。我曾經去你藏身的那個防空洞看過好多次，那裡和以前一樣都沒變。因為廢棄的煤礦坑被封閉起來所以沒有人會注意也沒有人會進去對吧？而且那附近根本就沒有人居住所以不會有人發覺。所以應該就是那裡吧，我知道你已經回到那裡了。」

你，這一號人物，應該是女人的朋友吧，上原心想。可是女人的會話是虛構的。在上原的虛構會話中同樣聽不到對象的聲音。雖然對方也會說話，但就是聽不到聲音，缺少一份真實感。對方的反應是無法想像的。因為對方並不是自己。所以對方只會做出應聲附和及點頭搖頭這種程度的反應而已。因為在說話的只有自己而已。

「喝了可可亞了嗎？」

上原點點頭。

「那就請過來看看我剪接的東西吧。」

女人說著帶上原往屋子內部走去。狹長屋子的黑暗部分。女人讓給上原一個坐墊，然後打開一個像是紡車的機器的開關。正中央有個明信片大小，像是液晶電視的畫面。等了好些時間畫面才完全亮起。畫面的兩側各伸出一根支架，頂端有金屬爪，固定住捲盤。是膠卷的捲盤。左邊的捲盤捲有影片，右邊的捲盤則是空的。底座上有個小轉盤，很可能是用來轉動捲盤的。畫面的左右都裝設了小喇叭。雖然上原還是第一次看到這種機器，卻莫名地有種懷念的感覺。畫面上並沒有一般電視螢幕那種掃描線，也不像筆記型電腦的液晶螢幕那樣由排列整齊的小點組成，輪廓帶著微妙的圓弧形。逐漸亮起的畫面帶有燈泡光線般的暖意。畫面四周、支架以及用以支撐的底座，是沒有金屬光澤的柔和銀色。

畫面的開關打開後，女人熟練地戴上了白布薄手套。看起來不只是戴上了手套，而是手腕之前的部分在轉瞬間都機能性地變換成了白色的義肢。女人捏住左邊捲盤的片頭，從中央畫面的下方穿過去，然後繞在右邊空捲盤的軸部。這些動作瞬間一氣呵成，上原根本沒看見女人的手在動作。手法有如交響樂團指揮或是舞者。

「最前面是你在鄉下拍攝的鏡頭，那是我的 sense 喔。你不但喜歡，而且也覺得最前面放這個很不錯，總而言之就是 sense 嘛。」

女人說著開始轉動小轉盤。片頭與捲盤發出摩擦的聲音。好不容易畫面上出現了滿是雜訊的影像。一個拿著杯子之類物品的人影。影像搖晃著。上原原本以為是機器的狀況不良，或是拍攝時攝影機在搖晃，但並非如此。是那個影子人的手在搖晃。拿著杯子之類物體的手前後左右大幅搖晃著。那異樣的搖晃方式中有種會引發既視感的不吉祥感覺。讓人有種似乎在哪裡看過那樣抖動的手和杯子的感覺。鏡頭向前拉之後，影子消失，出現一個中年男子的上半身。男子穿著浴衣。他想喝杯子裡的水，可是整個小臂都劇烈抖動著，沒辦法喝到。杯子裡的水好像隨時都會灑出來，但男子繼續嘗試要喝到水。他企圖用晃得厲害的右手將杯口湊上嘴唇。杯子掠過男子的下巴猛力從鼻子旁擦過，差一點撞到眼睛或是額頭。杯子裡的水潑到了男子臉上。男子的抖動停不下來。男子是認真的。男子不了解發生在自己身上的事情。好像做噩夢一樣，上原心想。在噩夢中，例如要打電話的時候，經常會出現話機發熱融化，連號碼按鍵都沒辦法按的情況。男人只是打算像平常那樣喝個水而已，不明白自己的身體到底怎麼了。由於飛機搖晃，或是因為酒精、藥物的作用造成手部不穩定時，我們就會暫時放棄喝水。男子覺得應該可以像以往那樣順利喝到水。他無法相信自己的手竟然會抖得如此厲害。接著出現了貓。手持杯子的男人只出現了幾秒而已。是個眨眼之間就結束的短鏡頭，沒有聲音也沒有配樂。上原只覺得心情開始浮躁起來。貓在一處人家的地板上痙攣著。手持杯子的男子只有右手抖動，但貓卻是在地上打著滾，全身劇烈而不規律地時而蜷曲時而伸展。一隻黑白花紋的貓。至此上原這才注意到這是部黑白影片，緊接著又出現了人。是個女人。頭髮豎起兩眼翻白。看不到眼珠子。正張著嘴好像在叫喊什麼。雙手搥打著自己的膝蓋。兩隻手舉到頭上後用力搥打膝蓋，好像連背部肌肉都在震動一樣用力。畫面中還有一些文字。是日文。看到了水這個字。水，接著是，這個字上原不會念。水市的怪病，日文字幕這麼寫著。上原原本還一直以為是外國的影片。剛開始的男子和搥打膝蓋的女人都不像是日本人。原本還以為是不是在公民課本上看過的，住在亞洲內陸，與羊和馬一同生活的民族。肌膚的顏色也如原住民般黝黑，臉的輪廓、頭髮、看得到牙齒的嘴部以及穿著打扮，都給人一種原始的感覺。接下來的場景是浴室。全身骨瘦如柴的男子被像是他母親的人抱進木製浴桶的照片。因為是照片，看不出那年輕男子是否也在痙攣著。母親似乎正在幫那年輕人清洗身體。

「你小時候放映過喲。」

女人說完繼續轉動轉盤。空無一物的純白畫面，然後出現許多戴著面具的女人正在行進。女人們身穿圍裙揮著小旗，臉上戴著看起來好像昆虫的面具。是防毒面具。數百名戴著防毒面具的女人排著整齊的隊伍在老街區行進。是科幻電影吧，上原心想。旗子道：看，那就是現在的你吧。

「欸，是你對吧，我知道絕對不會錯，長得那麼像，年紀也和你差不多。我記得這應該是巢鴨的國防婦女會，你不是也在巢鴨嘛。」

上原聞言還是點點頭。那個孩子在畫面上一閃而過，而且又夾在沿途人群裡，根本看不清楚長相。既然女人說是我，那一定就是我吧，上原心想。很奇怪的感覺。女人誤以為上原是某個人了。是你對吧，當女人這麼說時，她指的是那個被誤認的人。可是，上原卻認為在婦人戴著防毒面具行進的畫面中一閃而過的孩子一定是自己。自從在畫面上看到手抖得厲害的男子之後，上原就覺得似乎有什麼東西進入了自己體內。好像有什麼東西通過喉嚨吞進了肚裡。一時說不出那種感覺像什麼。正在思索那到底像什麼的時候，下個鏡頭又出現了。在一處彷彿延伸至地平線的大廣場，數千名兒童井然有序地排成隊伍。他們穿著用某種厚布縫製的奇怪制服。數目令人難以置信的孩童以等間隔密密麻麻排列著，令上原眼花撩亂。簡直就像是電腦螢幕上的小光點。不過這些整齊排列的小點有身體有臉，並且不時一同張大嘴巴叫喊著。隊伍排頭的孩子舉著旗子。一名孩童登上司令台，雙手打開一張紙，扯開嗓門開始朗讀。突然間聽到那聲音時，一旁的女人又說了：看，那也是你喲。男孩頭戴造型可笑的帽子，高聲喊叫著。雖然說的是日語，但內容完全聽不懂。只聽得出Syoukokumin（少國民）這個詞而已。Syoukokumin，聽起來好像是種具有堅硬甲殼的昆虫的名字嘛，上原心裡想，而女人則再次在他耳邊低喃：這個孩子也是你吧。上原再次點點頭。這時他突然想起來了。想起那個手持杯子抖個不停的男子的影像進入自己體內的感覺到底像什麼了。看到那個影像時的感覺，就如同在祖父病房裡白虫侵入眼中時的感覺。共生虫從眼睛進入身體裡的時候，並沒有不安或恐懼之類的感覺。那個持杯男子的影像，也不會讓他產生自己為其所支配的感覺。看著的時候的確會感到不快和浮躁，而且那個身著白色浴衣的中年男子似乎已離開畫面化作氣體，進入了上原體內。共生虫那時的情況也是如此，讓他產生了一種自己似乎變得不是自己了的感覺。並不是被其他某種東西所支配，而是身體的輪廓消失，感覺自己變得誰也不是什麼也不是了。自從共生虫侵入體內之後，雖然自己已變得不是自己，但他認為這並沒有對任何人造成困擾。即使被另一個人或是另一生物取代，他也覺得沒有任何人會注意到。這個孩子也是你吧，女人不斷在上原耳邊低語著。這個孩子也是你吧？這個孩子也是你吧？這個孩子也是你吧？這個孩子也是

你吧？這個孩子也是你吧？這個孩子也是你吧？這個孩子也是你吧？這個孩子也是你吧？這個孩子也是你吧？女人每說一次，上原都會看著她的臉點點頭。鏡頭又轉換成在工廠做工的孩子們。這間工廠大到看不見盡頭，低垂的天花板每隔一定距離掛著燈泡，下方排列著長桌。孩子們緊靠著桌子的兩側，彷彿螞蟻在搬運一條細長的虫子似的，以幾乎劃一的動作打磨著機械零件之類的東西。零件的形狀有如配電盤，孩子們使用銼刀和破布來打磨零件。幾乎每個孩子都是赤腳。這個孩子也是你吧？這個孩子也是你吧？這個孩子也是你吧？這個孩子也是你吧？上原點點頭。畫面出現了雙翼機。男孩跨坐在飛機機身上敬禮。在那停放著雙翼機，像是廣場的地方，打赤膊的孩子們正在做體操。有好幾百個孩子，可是沒有任何人的動作有誤。全員的動作整齊劃一。在孩子集團前面，一名身著軍服的大人站在司令台上指導他們做體操。緊鄰雙翼機的地面上放著機關槍，孩子們做完體操後便面帶得意的微笑聚攏起來。是戰爭吧，上原心想。他這才注意到，這是日本參戰時的影片。那個持杯男子與痙攣貓的鏡頭難道也都是戰時拍攝的嗎？一定是吧。為什麼這女人要讓我看戰爭時的影片呢？這女人到底是不是真的把我誤認成別人了呢？還是說其實知道我是誰呢？畫面中出現了一望無際的田野。孩子們在田間耕作，用鏟子開墾原野。一旁有成年男子在怒吼。成年男子的腰間掛著刀，畫面下方浮現了白色字幕，寫著滿蒙開拓青少年義勇軍等艱澀的漢字。孩子們邊擦著汗邊快樂地笑著。這個孩子也是你吧？女人用左手握住上原的手這麼問，上原又點點頭。沒錯，這個男孩就是我，上原心想。我那個時候手裡持槍，在大批同伴的包圍下露出滿面笑容，上原想到這裡望向女人，只見她的眼眶濕濕的。畫面變成了電影。「新天地」，這個片名占滿了整個畫面。是我暗中從公司倉庫偷出來的，女人在上原耳邊低語。「其他的都是廢棄的膠卷只有這一卷是未經剪輯的原片被扔在倉庫的角落於是我就偷偷拿了出來。你喜歡原節子對吧？我記得你喜歡。」

原節子，上原默念著，只覺得自己似乎真的喜歡上了叫這個名字的女人。電影並未經過剪接，鏡頭亂跳，聲音和影像也搭不在一起。糟糕了，聲音尖銳的女聲數度重複著。高䠷的女人在餵鹿。也有小鹿。數度出現小鹿吃飼料的特寫。一個矮女人來到正在餵一群小鹿的原節子身旁，在她耳邊低語。原節子的嘴動了，看嘴形說的是糟糕了。原節子把小鹿的飼料扔到地上突然走開了。原節子對小鹿說了些什麼。邊走原節子邊笑著。原節子在水池前站定，也對池塘中的魚喊著什麼。接著是池魚的特寫。池塘中的烏龜也有特寫。突然間傳出尖銳女聲念台詞的聲音。欸，那是真的嗎？欸，那是真的嗎？欸，那是真的嗎？欸，那是真的嗎？欸，那是真的嗎？欸，那是真的嗎？上原笑了出來。一回神發現笑出了聲，連自己都嚇了一跳。等到女人也跟著笑的時候，自己才發現原來發笑的是自己。你到底在做什麼啊？好像聽到自己的聲音在這麼問。自己的笑聲傳到自己耳朵裡的時候身上起了雞皮疙瘩。彷彿做出了什麼無法彌補的事情似的。想不起來上一次笑是什麼時候。有另外一個聽著自己笑聲的自己存在。上原有些害怕，於是將聽著自己笑聲的自己扔進想像的坑裡用土掩埋起來。接下來仍是原節子的鏡頭。原節子和情人一同登山，一起在街上散步。與影像無關的尖銳聲音傳了出來。欸，德國真是個那麼美麗的國家嗎？欸，德國真是個那麼美麗的國家嗎？欸，德國真是個那麼美麗的國家嗎？欸，德國真是個那麼美麗的國家嗎？上原無法相信自己竟然會放聲笑出來，可是卻笑個不停。應該是剛開始看到持杯男子時就笑了出來。拿著杯子想要喝裡面的水，雖然努力嘗試卻因為手抖個不停而把水潑到臉上的男子，平常只會在爆笑劇中看到。之後的鏡頭也一樣。身穿圍裙戴著防毒面具行進的婦人雖然令人看了不舒服，但以前似乎經常可以在深夜爆笑節目中看到這類打扮，至於身穿軍服整齊列隊的孩童全部都剃著三分頭一臉再嚴肅不過的神情，除了說是笑話之外不作他想。原節子與情人結婚離開日本來到這片土地開始過著農耕生活。原節子抱著小寶寶面帶笑容，幸福地望著愛人駕牛犁田。一望無際的原野。穿著高貴的和服餵食小鹿、自家池塘還養著鯉魚和烏龜的千金大小姐，為什麼非來到這種荒野抱著孩子務農不可，實在讓人想不通。最後，愛人放下手邊的工作走向原節子把小孩抱起來。寶寶長得很醜，跟原節子一點也不像。鏡頭轉換成以縫衣機車著布料的女人。操作縫衣機的方式令人難以置信。雖然不知道在縫些什麼，但是布料移動得飛快，令人懷疑影片是不是在快轉。寬敞的工廠裡數以百計的縫衣機排放在長條桌上。應該是監督官的女人在桌子間來回穿梭，看到那走路方式才知道影片是以正常速度播放，並沒有快轉。婦女們轉眼間便縫好了一處，把布料一轉立刻又開始車別的部分。這也是爆笑劇吧，上原仍笑個不停。笑到肚子疼，眼角留下了淚水。縫衣機之後出現的是火柴工廠。婦女們以驚人的速度用一隻手束好火柴棒，裝進另一隻手上的盒子裡。上原的笑聲逐漸變得不自然了。因為笑，他不得不斷斷續續用力吐氣。這麼一來又不得不深呼吸，可是上原卻漸漸無法做深呼吸。由於無法順利呼吸，笑聲的音調漸漸變得不自然而且越來越高，間夾著喉嚨發出的怪聲。太陽穴發冷，汗水從額頭流到了眼角旁邊。女人打斷了他的笑。畫面上出現了像是醫院中庭的地方，護士排成整齊的隊伍，四周是椰子林。有種南國島嶼的感覺，上原心想。護士的白制服在強烈的日照下顯得耀眼。護士隊伍之前有個台子，台上的軍人在喊話，接著出現了在大腿處被截斷的人腿，使得上原的笑聲像是氣球突然洩氣似的停了下來。彷彿笑與笑聲被凍結住了似的，上原自己這麼認為。笑聲一中斷，埋在想像坑洞裡的另一個自己又爬了出來。雖然覺得那個自己好像在說些什麼，卻假裝聽不到。上原用沒有裹繃帶的那隻手擦擦流到太陽穴旁的汗水。畫面上出現了手的特寫，那隻手正在撫摸大腿上有如火腿前端的截斷面。鏡頭從手移到手臂，然後拍向護士帶著笑容的臉。病房裡有大批士兵和護士。鏡頭忽然轉換成戰鬥場景。外國部隊跟隨著戰車在長著椰子樹的茂密草原上挺進。是美軍吧，上原心想。一名士兵打扮得像是魔鬼剋星，背著油箱，手中的筒狀物前端噴射出長長的火焰。火焰噴進了椰子樹旁的小洞穴裡，不久之後，全身著火的士兵從洞裡衝了出來。化為火人的士兵倒地後隨即就動也不動了，可是火仍然持續燒了好一會兒。看著敵人燃燒的美軍士兵嚼著口香糖。畫面上出現了海灘，躺著好多具半遭沙子掩埋的屍體。也有燒焦的屍體。屍體的臉部四周有無數的蒼蠅飛舞著。上原覺得蒼蠅的鏡頭實在長得有點奇怪。全身浴火的士兵起初手腳還會抽搐但很快就動也不動了，這影像使得從上原想像中坑洞爬出來的另一個自己沉默了。影像阻止了自己的分裂。雖然感到不快，卻無法將眼睛從畫面上移開。全身著火在手腳抽搐中死去的人的影像，不會讓人想到爆笑劇。另一個自己沉默下來，但上原卻變得坐立不安。他不想看這個影像。想立刻離開這間屋子，但身體卻不聽使喚。女人繼續轉動轉盤。感覺好像已經過了非常久，可是從影片開始到現在還不到十分鐘。畫面中出現了穿著和服應該是日本人的女子，正打算從高崖往下跳。女子在到處生長著椰子樹的草原上撥開一條路前進。彷彿在找一處不會被別人看到的地點尿尿似的。女人四下打量並且回頭看，似乎在確定等一下要做的事情不會被人看見。來到崖邊之後，便毫不躊躇毫不猶豫只將兩手合在胸前就跳了下去。彷彿這麼做對自己來說已是既定事實似的，從崖上縱身躍下。女人們就這樣一個個來到，然後一個接一個往下跳。因為是電影，可以用慢動作處理，事實上女人們轉眼間便跌落崖底。不論人還是石頭，一般物質的落下速度都相同，這是眾所周知的事。女人就這麼直楞楞地墜落崖底。崖底是散布著銳利岩塊的海面。畫面上出現了躺在岩石上的女人。被礁岩扯破的和服在海上隨波漂蕩。鏡頭又轉到了船上。穿著白衣的士兵和護士並排站在甲板上。是日本軍人。手臂裹著繃帶吊在胸前，眼睛纏著黑布。護士和士兵在說話。手指著遠方，似乎在解釋什麼。看起來士兵似乎已經失明。出現了護士臉部的特寫。海鷗，似乎在這麼說。從嘴形看來是這樣。士兵的嘴也同樣動作，海鷗，並低頭微微一笑。上原突然望向一旁的女人，只見在轉動轉盤的她流下了眼淚。在捲盤轉動的聲音和機械聲之下聽不太清楚，但女人在自言自語。上原把腦袋稍微靠近她。鈣質不斷累積在腳踝那裡喲，女人在說這件事。好像在對別人說，然後又自己來對答。

「不注意的話可就糟糕了。鈣質會累積在腳踝那裡喲。落到這種下場，好像就無可奈何了。如果注意的話是不是就不會這樣了呢？」

「有沒有吃藥呢？」

「當然是有拿藥啦。不過那是會溶解鈣質的藥，連骨頭都會跟著變差喲。因為骨頭會越來越弱，所以我不太想吃。」

「醫生怎麼說呢？應該有什麼方法可以治療吧？醫學都已經這麼進步了。」

「醫生的話不能相信。」

說得對，上原心想。醫生根本就不理解也不想理解。

「所以就得了這種病啊。工作進行得順利嗎？說說看吧。」

「已經沒有人再從事剪接的工作啦。因為攝影這一行已經和你在的時候不一樣了。如今使用的全部都是錄影帶。不用膠卷了。剪接的工作根本就已經找不到了嘛。沒有人要做了啊。而且關係也都沒有了。和社會也是。因為和攝影已經脫節了嘛。」

畫面變成了純白，女人停止轉動轉輪。膠卷已經全部捲到了右邊的捲盤，左盤發出了喀啦喀啦的聲音。女人捏住片頭，這次沒有穿過畫面下方就直接繞上左盤的軸上，轉動轉輪開始倒片。上原悄悄站了起來。女人注意到之後停止自言自語，問道：要回去了嗎？上原點點頭。

「路上小心喲。」

聽女人這麼說，會的，上原做了回應。很自然地發出了聲音。有空再來喲，走出屋外時，正在倒片的女人對上原這麼說。除了母親和妹妹之外，已經有好幾年沒有人與他打招呼了。

「要回防空洞去對吧。」女人說。

是啊，上原回答。

5

從女人那兒回到自己住處的路上，景色看起來都很新鮮。一來是因為專注看著小銀幕使得眼睛疲勞身體沉重，再者上原也體驗到了從緊張中解放的虛脫感。戰爭的場景仍殘留在眼底。身上著火在地上打滾的士兵，半身被海沙掩埋的屍體，這些影像在腦海忽隱忽現。

走在夾在兩排磚造公寓之間的狹窄道路上，和好些人錯身而過。有提著便利商店袋子的年輕情侶、酒醉的上班族、停下來聊天的家庭主婦，以及一群可能是從補習班下課回家的小學生。上原很正常地和這些人錯身而過。自從隱居之後，和別人錯身而過時好像就會產生種種反應。心跳加速，臉紅，並且生怕有人開口說話時不知該如何是好。如今上原才知道，錯身而過的人們根本就不會注意到他。與陌生人錯身而過時，可以互相無視於對方的存在，這件事很新鮮。

上原邊走邊反芻著黑白戰爭影片與可可亞的香味。來到河邊道路後，感覺到陣陣微風吹來。上原停下腳步，把插在褲腰帶上的菜刀抽出來。雖然最後並沒有做掉那個女人，但上原知道，反正想殺她的時候隨時都可以下手。因為獲選在體內供養共生虫的人擁有殺人．殺戮與自殺的權力，想殺人的話隨時都可以動手。在女人屋裡所看的戰爭影片中的屍體，到底意味著什麼呢？有著火倒地死去的日本兵，還看到許多倒在海灘上半身被埋進沙裡的屍體。蒼蠅繞著死屍的臉部飛舞。似乎連蒼蠅的振翅聲都聽得見。看那種影片，可以想像共生虫也很滿足。可是，那女人為什麼要給我看那種影片呢？似乎是把我誤認成別人了。雖然不知道被誤認成什麼人，但女人聲稱是我拍攝的影片裡出現了非常多人。由於並沒有拍攝者個人的鏡頭，到最後仍然不知道被誤認成什麼人。但不管怎麼說，那女人都瘋了。搞不好那女人並非該殺的對象也不一定。那成群的屍體，像那樣倒在沙灘的屍體當中，是否有共生虫存在呢？難道共生虫與戰爭之間沒有什麼關聯嗎？這件事，或許去問問INTERBIO那些人比較好。

右手的傷口仍痛，但不會感到不快。疼痛和著脈搏，定期從手掌的傷口傳到手肘一帶，令人聯想到筆記型電腦在睡眠狀態時閃爍的小燈。我身體的電源並未切斷，自己如今只是處於睡眠狀態罷了，走在河邊的路上時心裡想著這些事情。清風拂過臉頰讓人覺得很舒服。回到家後，就上網去查一查防空洞的相關資料吧，上原這麼想。防空洞一詞的意義他並不清楚。以前似乎在哪裡聽過，好像也曾經知道是什麼意思，但是現在卻不知道。

回到自己房間時已是夜裡十一點多了。將門鎖好，進屋在床邊坐下。手腳肌肉痠痛，身體和衣服都被泥和草弄髒了。筆記型電腦就在旁邊，雖然想查防空洞的資料，而且又不是真的有多累，但不知為什麼就是提不起興致打開開關。只要打開開關，就會聽到電腦啟動的聲音，然後螢幕亮起，各種圖示開始出現在畫面上。執行上網的軟體，就會聽到數據機撥號與連接到網路服務供應商時的獨特音響。好像小動物叫聲，又像在呼叫什麼的聲音。聽起來也像是要與什麼取得聯繫，在尋求幫助的信號聲。不知道為什麼，現在就是不想聽到那個聲音。等一下再來搜尋防空洞的資料吧。上原嗅嗅自己的味道。衣服與手腳都骯髒並發出汗臭，但是裹著繃帶的右手，卻散發出那女人搽上的藥味。類似夏草的味道。上原有種感覺，彷彿只有自己右手的周遭處於夏天。

小心避免弄濕右手的傷口沖了個澡之後，上原坐在桌前，打開筆記型電腦的開關。要回防空洞去對吧，那女人說，而上原回說是啊。真是不可思議的字眼，上原心想。如果是杯子、鈕釦、電視機、拉麵之類的東西似乎還容易理解。但這並非小孩子能夠自然記住的辭彙。可是又記得小時候曾經在學校學過。因為那女人說的是要回去，說不定是一種人類居住的地方。不過，這並非小屋、別墅、城堡或工寮這類的建築物。那女人誤以為是上原的人，難道住在防空洞裡嗎？

輸入 bo・u・ku・u・go・u 之後，轉換成防空壕（防空洞）三個漢字。這漢字給上原一種險惡的感覺。而且很眼熟。

將這漢字鍵入搜尋引擎。搜尋結果顯示：共找到二七八個相關網站，本頁顯示第一至一〇筆。第一筆是無名詩人的網站。詩人住在東北，正職是補習班的物理老師，網站上除了自我介紹、連結、旅行日記之外，還發表他自己的詩作。計數器上顯示：您是第897位訪客。共有兩百多首詩，每頁一首，以斜體黑字排在橘色花紋底圖上。第四十九首的題目是：**我是防空洞**。

我是防空洞
入口總是空著
寂寞彷彿是天空上打開的洞
過去　神就是從那裡降臨
用顏料製造出黑暗與隧道
如今　那洞裡仍會傳出神的聲音

神　絶對不是為了我們
作畫
神　通常都是為了自己
在這片土地上作畫
我內在的黑暗
想讓人了解
還有那徹骨的冰冷
苦悶與沒有出口
想讓別人，想讓你，了解

第二筆，是關西某偏遠鄉鎮觀光課的網站。

現在四季都盛開著應時的花卉，附近還有屈指可數的觀光景點：佐野山公園，過去因為是海岸防禦要衝而受明治政府管理。百年前作為護港要塞的土倉山砲台，直到第二次世界大戰時都還在使用，在本土遭受空襲之際仍發揮了相當的功效。記述佐野山歷史的鄉土史書籍中必定會有介紹此要塞的章節，據載，山頂一帶有許多高射砲台與軍營，山坡上則挖掘出彈藥庫與防空洞云云。目前，在西坡上仍殘留著少許遺跡（現在適合全家人一同在附近野餐）。

第三筆，是山梨縣某高中二年四班的網頁。

神祕的防空洞址

如同前面的地圖所示，緊鄰著我們學校，有個謎一般的防空洞。若要問哪裡成謎，我們只能說一切就是個謎團。第一點，入口是個謎。非常狹窄。而且不知道為什麼，入口處扔著一個詭異的稻草人。這是怎麼回事呢？

還附有照片。草原上開著一個坑道，入口附近扔著一個白色物體。看起來並不像人形。照片中有個學生作勢要進入那洞窟中探險。照片旁的說明文字中寫著：是因為戰爭而挖掘的嗎？果然與戰爭有關，上原心想。第四筆是戰爭的紀錄。奈良縣某結核病療養院，醫生、護士與病患共同製作的網頁，上原是第一二二九位訪客。護士與病患的通信紀錄有個名稱，叫做**柿之葉通信**。

柿之葉通信　第五號　後藤鶴子

繼續上個月延續下來的話題。

一度疏散避難的我，怎麼也無法融入鄉下的集體生活，於是回到關川待在母親身邊。學校生活中，防空訓練要比上課還多，但是和疏散時與母親分離的寂寞相比，能和母親同住叫做幸福，每天的生活可以說沒有什麼好不滿的。

設有軍需工廠的關川當時經常遭受激烈的轟炸。叔叔家在打越的山麓，於是父親也在那裡蓋了小屋搬過去住。祖母不願意離開關川，但是父親以兄弟可以當鄰居為理由說服祖母，當時的情況我仍然記得很清楚。由於祖母無法行走，是坐大板車前往打越的。有一位哲二堂哥住在打越，所以我並不反對搬家。從小，哲二堂哥就經常牽著我的手很親切地帶我去玩。

二十年四月，剛搬到打越之後沒多久，祖母的身體狀況惡化，直說要回關川的家去，依父親的意見，大家偶爾也該一起在老家吃個飯，於是決定闔家團圓聚餐。由於我和哲二堂哥還有課業和勞動服務，只好在結束後比大家晚一步回關川，想到不久後可以回到家，又可以和大家一起吃飯，一路上都很興奮。但是突然之間，我只記得有強烈的黃光伴隨著巨響傳來，恢復知覺時發現自己從原本站著的地方飛出了十公尺之遠。緊接著，黃光與爆炸聲再度襲來，只聽到有人大叫：快趴下——。還聽到有人大叫：快逃——。一旁的人家傳來屋瓦被颳走的聲音，然後碎片便劈里啪啦從頭上掉下來。我的腦袋一片空白，完全無法思考。倒在地上的我只知道有大批群眾從我身邊逃走。我忘了還有哲二堂哥，茫然地爬起來跟著跑。道路兩旁的屋子燒了起來，途中，我跟著別人把消防用水從頭往身上澆。這個時候才發現，自己簡直和裸體沒什麼兩樣。上衣不見了，紮腳褲只剩下腰間和腳踝的鬆緊帶，身上只剩下一條內褲。而且全身灼熱難耐。有人推著板車撞倒了我，可是沒有任何人過來幫忙。不明白當時情況的人或許會認為，看到被灼傷的陌生小女孩倒在地上，居然沒有任何人同情，不過戰爭就是這麼一回事。因為多管閒事只會讓自己也難逃一死。啊～不行了，正當我全身虛脫打算放棄時，只見眼前的人家冒出了沖天烈焰，想到這樣下去非死不可，於是又爬起來繼續跑。我奮力離開那裡，衝進了山王川。山王川不過是條小河，所以我是用雙手掬起水淋濕全身。涼涼的河水讓我覺得很舒服，根本不想再動了。笨蛋，妳在幹什麼啊，是哲二堂哥的聲音。我又湧起一絲希望，和哲二堂哥離開河邊，再度開始跑，但很快就覺得自己已經動不了了。跑不動了。全身都遭到灼傷。只覺手腳發硬，變得有如木棒般無法動作。身上到處都起了水泡，左大腿水泡的皮膚剝落垂下，完全可以看到紅紅的肉。即使如此，哲二堂哥仍催促我快跑，只好一邊哭一邊跑。赤腳的腳背上，只有木屐帶遮住部分的皮膚還在。終於，我和哲二堂哥得以躲進八幡的陸軍醫院旁邊的防空洞裡去。空襲仍然持續著，是一個認識的護士叫我們進去的。由於八幡距離關川非常近，我和哲二堂哥也討論過是否要離開防空洞回家看看，可是我們兩個很快都沒有力氣再開口了。倚在防空洞裡的大木頭柱子上沉默不語。緊張的情緒一放鬆，灼傷就痛了起來，再加上接著不斷有人湧進防空洞避難，想動都動不了。痛苦的我有被哲二堂哥責備的心理準備，放聲哭了起來。可是我一哭，哲二堂哥是否也會因為灼傷而喊痛哭泣呢？一留神才發現，周遭的人都受到灼傷或其他創傷，防空洞裡全都是哭泣聲。事實上那並不是真正的哭聲。是呻吟聲。好像將遭宰殺的動物或是有虫子爬上來似的，彷彿會滲入骨髓讓人起雞皮疙瘩的哭泣聲。我的左邊，是一個身穿白衣的軍人。他原本和我一樣靠著柱子坐著，但身體卻逐漸前傾往地上倒。這時，一名護士過來靠近那名軍人的耳邊，問他的名字。軍人小聲報出自己的姓名後，身體抖動了兩、三次，腦袋便往旁邊一歪。護士去防空洞一隅拿了條舊毛毯蓋在軍人身上，然後走到略微光亮處寫好名字，放在軍人腳邊。我感覺，似乎有什麼東西從軍人的口中竄了出來。應該是最後一口氣。我好像看到了靈魂從嘴裡脫出似的，覺得非常害怕。在解除警報響起之前，我們都待在那個防空洞裡。我和哲二堂哥忍耐著痛，互相用氣吹拂彼此的灼傷。眼睛習慣黑暗之後，我發現有許多白衣人陸陸續續加入了前往那一方的旅行。

筆記一直延續下去。防空洞果然是與戰爭有關的地方，是空襲時的避難設施。雖然知道了防空洞是避難設施，但實際情況到底如何則不清楚。裡面有木頭支柱，黑暗，此外就不知道了。裡面是否住著什麼人呢？大小如何？各地應該都有的防空洞如今到底怎麼樣了呢？上原決定把剩下的網站都瀏覽一遍。

在倫敦主要是利用地下鐵。在夏目漱石前往留學時就已經存在的傳統地下鐵。宛如迷宮般的複雜路線與車站，在第二次世界大戰中也發揮了防空洞的功能。

第五筆是旅行社的網站，第六筆則是島原市市立博物館的網站。

島原．加津佐．表馬場遺址出土品

昭和十九年，進行防空洞挖掘工程時出土的一批彌生時代後期的迎紀墓文物。共有三件中國製的矩形鏡，國產巴形銅製花器十一件，鉤形銅劍及鐵鉾二十二件等等，獲指定為重要文化財產。

等了將近一分鐘，綠色圓盾狀的圖像才出現。即使防空洞一詞只在網頁內容中出現一次，搜尋引擎都會有所反應。第七筆，是與廣島原子彈爆炸有關的政治團體網站；第八筆，是個人定期更新的讀書心得。在引用作家江戶川亂步作品之處出現了防空洞一詞。第九筆，是驚悚俱樂部的網站。

冷血俱樂部　經驗談選單．第一輯

空難亡魂（福岡）

距離慰靈園還有四公里（埼玉）

不停的腳步聲（埼玉）
另一道影子（青森）
被扯走的枕頭（岩手）
幽靈公寓（神奈川）
另一個祖母（岐阜）
機庫守衛（石川）
打不開的廁所（福岡）
學生制服美少年（愛媛）
白晝的人影（大阪）
不停的摩托車聲（埼玉）
恐山（青森）
靈界咖啡館（神戶）
靈魂出竅經驗（東京）
廁所裡的女人（東京）
為什麼會看見（富山）

你昨天不是來過嗎（東京）

鬼壓床（愛知）

舊陸軍航空學校基地（茨城）

礦山醫院周邊（茨城）

狐坂（京都）

狗狐狸感應（埼玉）

女性的藍髮（埼玉）

匍匐而來的屍體（埼玉）

防空洞（埼玉）

白衣女（東京）

濕透的女子（東京）

白衣女子（東京）

暗夜醫院的聲音1（神奈川）

暗夜醫院的聲音2（神奈川）

那是什麼玩意兒？（東京）

靈魂附身（神奈川）
拍球少女（茨城）
神明公園（新潟）
打不開的廁所（新潟）
笑地藏（東京）
夜半的救護車（福岡）
水子靈（美國）
斬首自殺（長崎）
貓靈（名古屋）
貓靈（新潟）
幽靈旅館（長野）
上原點選防空洞那一項進去。
防空洞
發表日：平成9年9月3日
作者：hiroshi 網友

體驗者：本人

恐怖指數：☆☆☆

我和兩個朋友，三個人前往位於埼玉與東京交界處附近的丘陵區。希望各位不要誤會，我們並不是為了測試膽量之類的目的而去的。說來或許有些荒唐，我們是去野餐的，下班之後的野餐。雖然已是傍晚，但是夕陽很美，仍然可以享受到很不錯的氣氛。那一帶的丘陵區有個名字，叫做谷戶，屬埼玉縣與東京都共同管轄，將要設立成一個大型公園。多處地點已被開發，設置了長椅、飲水處等等，部分這類小型設施已經完成。因為不是例假日，沒有年輕女子，都是歐巴桑和小鬼，我們於是決定走進森林裡看看。谷戶這個名字是通稱，在他縣還有正式的地名，此外，這一帶是俗稱狹山丘陵的一部分，非常寬廣。有和緩的山丘，谷間大多是雜木林。這些雜木林部分遭到砍伐闢作公園，但是從已整理過的地方稍微往裡面走，還是有未遭破壞的森林。我從小就住在這附近，經常聽學長說，沒有錢上賓館的情侶都會跑進林子裡做那檔子事。情侶我是沒有親眼見到過啦，但林子裡卻有數不清的防空洞。過去，軍方在戰爭末期所建，據說地點等資料是機密，建造防空洞的人後來都下落不明。這附近的人都傳說那些人已經遭到殺害，所以父母長輩經常交代我們，絕對不要靠近森林。

在林中走了一陣子後，遇到禁止進入的牌子也視若無睹，繼續往深處走去。太陽逐漸西沈，雖然我們開始感到不安並考慮是否該往回走，卻還是決定留下記號繼續前進。一個朋友帶了刀，便砍了半截樹枝當作記號。另一個朋友，那傢伙家裡開藥房，平常練合氣道還是什麼的很好勝，卻突然表示這附近不太對勁。笨蛋，都到了這裡還要撤退嗎？我和帶刀的朋友雖然嘴上這麼說，心裡卻也都感覺不太對勁。如今回想起來，當時要是打退堂鼓就好了。樹木越來越茂密，夕陽西下之後天色也暗了下來，腳下的落葉濕濕的，讓人感覺好像有一股寒氣。沒有風，可是臉頰與手肘一帶卻感覺到有種像是冷氣機吹出來的冷空氣，我們三人都同樣有這種感覺。確定周遭的樹葉並沒有搖動後，三人異口同聲大喊不妙。前方好像有什麼隆起來的東西，走過去一看，是個一大塊混凝土。小丘的一部分以混凝土施工過。上面覆蓋著土，還長了草木，不仔細看還不知道，但那確實是混凝土。不過，施工看起來並不仔細，好像隨便把水泥袋弄破直接糊上去似的，那樣的感覺，讓人覺得莫名其妙而且毛骨悚然。原本到此為止也還好，但我們還是決定繞小丘走一圈。因為我們猜想混凝土上說不定會有裂縫，也許能通到什麼地方去。花了好些時間才繞行小丘一圈。途中，朋友撿到了某種動物的骨頭。好像是狗，或是類似動物的下顎骨。從撿到骨頭的地點稍微往丘上爬，有一個角落草木稀疏，我提議從那裡往下挖看看。事實上，三個人當時都想打道回府了，我自己話一出口也嚇了一跳，但是不知道他們聽了會有什麼反應，才會明明心裡並不這麼想，卻故意提議來挖看看吧。結果，因為沒有工具，根本就挖不動，但就在距離我提議試挖之處不遠的斜坡上，朋友發現了一個洞穴。說是洞穴，也不過只有十四吋電視螢幕的大小罷了。看來腦袋似乎可以探進去，於是我決定窺探一下那個洞穴內部。至於眼睛適應黑暗之後在那洞穴裡看到了什麼，我無法在此發表。即使各位認為我故弄玄虛，也還是無可奉告。我只能簡單說明一下，之後接著窺探那個洞穴的兩位朋友，一人後來死掉了，另一人則染上了重病。

第十筆是與以色列有關的網頁，內容提到了核子避難設施。第十一到第十六筆，是岐阜某大學地質研究所的網頁。網頁上寫著：岐阜縣內散布著不少盆地，盆地裡在戰時挖掘了許多防空洞云云。第十七筆，是位於東京日野的福音派基督教會的網站，其中那篇散文的題目是**全依神的旨意**。

昨天是父親出院的日子。不巧天氣從大清早起就很差，電視氣象預報表示有颱風接近。我原本打算祈禱颱風能夠轉向遠離這個地區，但又覺得這似乎很可笑而改變了心意。以前我曾經被硬拉去參加人類救世主團的集會。當時擔任講師的先生提到，他在戰時曾經爬上屋頂祈禱，希望燒夷彈不要炸到自己這裡，結果燒夷彈炸到附近的防空洞而得以倖免於難。我聽了只覺得有點可笑，心裡想：不知道當時在防空洞裡的人後來到底怎麼樣了。所以我昨天祈禱時，決定全依神的旨意接受颱風的到來。幸好一切順利。因為颱風轉向了。

第十八筆是某電影公司的網頁，有一篇正在拍攝新片的導演的專訪。導演談起了自己的兒時回憶。

那個年代，活力充沛的小鬼全都把防空洞當成遊戲場所。

第十九與第二十筆是納粹同好會的網站。上面有希特勒自殺所在的防空洞照片和介紹。載入照片相當花時間，但是每個網頁上都有照片。第二十五筆，是介紹京都美食名店的個人網頁，其中有一家名叫防空洞的雞肉串燒店。名菜包括鹽烤雞肝與雞心等二十種，花了三分多鐘的時間才全部出現在螢幕上，令上原等得心浮氣躁。第六十七筆，是遊戲軟體的介紹。

簡單有趣的射擊遊戲

Night Assault

你不知什麼原因身處戰場。苦無援軍的你被困在波索爾防砲車裡，擁有優勢裝備的敵人正逐步逼近。你能夠保住性命嗎？敵人可是不會遵守日內瓦協定的喲。你能夠將畫面上方飛來的空降部隊盡數擊落嗎？每當一名敵人安全著陸，你的防空洞就會縮減10％。

顯示器：VGA256色

CPU：建議386以上

記憶體：基本記憶體535KB以上

操作界面：滑鼠

音源：聲霸卡

第七十一筆是九州城市雜誌的網頁。

戶尾市場　鄰國道35號線，約有一二〇家店鋪。附近的隧道橫丁也很特別，是利用戰時的防空洞遺址改建而成的。特產是鯨肉生魚片。

第八十九筆，是介紹玩具熊王國博物館的網頁，該博物館位於長崎某主題遊樂園裡。協助開設這個博物館的英國女性玩具熊專家講了一個小故事：第二次世界大戰中為了躲避空襲，她必定會帶著玩具熊進防空洞避難云云。第一〇三筆，是石川縣建築師協會的網站，發表了「對你而言，建築是什麼呢」的問卷調查結果。是衣食住的支柱；是構成街容的要素；是藝術也是實用品；是具有功能的箱子；建築就是人；是作品兼製品；是構成空間的要素；是無限的自我表現；是概念，哲學；是愛；是超越平面的立體藝術；是夢；是空間、光與影；是充滿和諧的拼圖；是嚴肅的玩心……答案五花八門，一位七十五歲的老建築師以**大型垃圾**、**自然破壞**、**防空洞**等字眼來形容。第一三四筆是個解夢的網站。訪客將夢境內容寄來，正職是花匠的站長會負責分析。據說他正在研究心理學。某女性來信表示，夢到團體旅行時遭恐龍攻擊而躲進類似防空洞的洞穴裡，分析的結果是：壓力太大的時候就容易夢見被攻擊。第一四五筆是位女子的網頁，標題是歡迎來到我的故鄉，內容介紹的是湘南的小城逗子。由於使用了大圖，花了好幾分鐘才把整頁讀進來。有張**尾崎行雄紀念碑**的照片，一旁是摘自觀光雜誌的文章，內容中提到在岩岸邊有塊名為不如歸的石碑，滿潮的時候就看不到那塊石碑云云，最後講到了登山健行路線，下山途中可以看到好幾處防空洞遺址。這一類的網頁非常多。上原一看到個人的網頁就覺得頭疼。那些人在網頁上介紹自己故鄉的名勝古蹟以及自己喜歡的小說。而那小說中只要有一處提到防空洞，搜尋引擎就會有所反應，並在搜尋結果中顯示出內容摘要。第一七六筆，是奄美大島觀光開發課的網站。

琉球長指蝠

學名：Miniopterus fuscus BONHOTE

主要以小型甲虫及蛾類為食，白天棲息在鐘乳石洞、防空洞、礦坑之類的地方。超音波回聲定位系統為ＦＭ型，頻率屬於變頻式。

最多的是戰爭筆記，其次則是驚悚的網站。

在中國失去了眼睛與雙手。戰爭末期沒了食糧，全靠芋頭和腐壞的馬鈴薯充飢。原本以為自己就快死了，可是中國人分給我吃的東西。我不願再提起戰爭的事情。回到日本之後，在佐世保的防空洞裡住過一陣子。

第二〇二筆，有位仁兄發表了以穴為題的散文。非常奇怪的網頁。

雖然是夏天，但那個洞窟裡很涼，入口附近有裸露的樹根，樹根前端不斷滴著水。所謂甘露，指的應該就是這種水吧。我從來沒有喝過這麼甜美的水。彷彿被這種水所引誘，我往洞裡走了進去。從洞口進去數公尺之後是個洞窟，若說是個廢棄礦坑則太小，說是動物的巢穴則又太大了。想必是什麼人挖掘出來的吧。我整個身子貼在洞壁上。感覺空氣很沉重，好像裹在身上似的。並沒有令人窒息的感覺，只知道層層的安詳感包住了我。不知經過了多少時間，我好像不覺間睡著了。睜開眼睛一看，全身都被水氣濡濕了。只覺得身邊似乎還有別人，令我非常害怕。我認為真的有人在旁邊。雖然看不到人，卻明顯感覺得到人的氣息。心裡只覺得非得立刻離開這裡不可，身體卻因為恐懼而動彈不得。我沒有碰過鬼壓床的經驗，這種情況還是第一次遇到。一會兒之後，我明白並不是身體不能動，而是自己不想動。因為全身的細胞表達了想要留在這裡面的意見。數公尺之外的洞口籠罩著金色光芒而且變得越來越遠，我還聽到有人在喃喃低語。等一下，請等一下啊，聲音清楚地傳來。即使離開這個洞穴也沒有任何好處噢，那個聲音喃喃說道。我哇～地大叫一聲，跌跌撞撞衝出那個洞穴，但如今回想起來，如果能夠待在那個洞窟裡就好了。若能一直待在那個洞窟裡的話，應該可以前往另一個世界才對。

類似的遭遇，我在兩年後又經歷了一次。在戰爭中發生的事情。敵機來襲，我們躲進青年學校旁的防空洞避難。由於青年學校所在的城市有個大型軍港，燒夷彈如下雨般從天而降。我的上半身被火灼傷。胸部的皮膚一塊塊剝落，幾乎無法呼吸。意識越來越模糊，然後又聽到有人在說話。留在這裡，什麼地方也別去喲，聲音說。即使離開這裡也沒有任何好處噢，那個聲音溫柔地低語。當時防空洞裡有好幾十個人，事實上只能夠聽到哀號與啜泣聲而已。沒有任何人在說話。而且，那聲音與兩年前在洞窟裡聽到的是同一個聲音。空襲警報解除之後，教官叫我們出去。如果不努力保持清醒就會死喲，教官說著打了我的頭。可是我並不想出去。於是被人家架著硬是被帶到外面去。來到外面，墜落的轟炸機機組員正要被處決。我這還是第一次看到美國人。金色的頭髮，長相好像還是小孩子似的。俘虜有兩名，在眾人面前遭到竹槍穿腹。有人用竹槍叉著俘虜的內臟高舉向天，口呼萬歲。我看到那情景便昏了過去，後來便被罵是個懦夫。

我覺得，要是當時沒有離開那個滴著甘露的洞窟就好了。據說為了因應本土決戰，在四國的島嶼製造的毒氣已經祕密運送到關東一帶。包括伊普爾氣與路易斯氣等糜爛性毒氣。皮膚若是接觸到這種毒氣便會潰爛，人就會因為皮膚無法呼吸而死去。長久以來一直有人在尋找昔日儲藏這些毒氣的防空洞，可是都一無所獲。我很想躲進那防空洞裡，一面看著自己的皮膚逐漸潰爛，一面前往另一個世界。如今我只希望，能夠不必一直靠著與他人競爭活下去。我無法忘記那個死於竹槍下的美國兵的內臟。只要生活在這個現實世界裡，總有一天我也會淪落到要用竹槍刺穿別人內臟的下場吧。或是被別人所刺，二選一。唯有洞窟可以賜予我安詳，可是我竟然兩度錯失了這個機會。

作者沒有署名。簡單的網頁設計，沒有插圖也沒有照片。雖然作者自己管理網頁，卻沒有站長的自我介紹，也沒有其他網頁上經常可見的近況報告、城市介紹或日記之類的東西。沒有做連結，也沒有您是第●●●位訪客的計數器。沒有電子郵件信箱，也找不到歡迎來信的字句。只有灰色的背景，黑色的文字，標題寫著**穴**，然後就是整篇文章。

上原反覆讀了好幾遍這篇文章。難道這位作者如今依然住在防空洞裡嗎？上原心想。難不成，那女人誤以為是上原的人，正好就是這個作者嗎？上原一面反覆閱讀這篇名為穴的文章，心裡一面想像著防空洞，以及置身其中的自己。防空洞到底是個什麼樣的地方呢？在上原的想像中，那是個清涼、潮濕而且昏暗的洞窟。感覺簡直就像是自己化身成為共生虫似的。共生虫，如今應該在自己身體裡的某處。以前上自然課的時候曾經聽過，人類身體的結構就像根管子。人類的身體裡一定也有陰暗潮濕的地方吧。共生虫應該是躲藏在血管或臟器內部才對。簡直就和隱居在防空洞裡的人一模一樣嘛，上原這麼覺得。

上原決定來尋找實際存在著防空洞的地點。第二〇九筆，是個非常有意思的網站。

野山南地區整建計畫細節

那網站的首頁上這麼寫著。

6

概要

野山南・瑞窪公園位於狹山丘陵西南，以狹山湖與多摩湖為中心，處於東京都與埼玉縣交界地帶。這裡彷彿是從首都圈建築用地中浮出的一座綠色島嶼，雜木林與谷地交錯，形成一個多樣化的自然環境，是許許多多生物棲息繁衍的地方。

整建計畫

整建計畫的主要構想，是盡可能保留原有的自然狀況。因此，基本上野山南・瑞窪公園中不會興建餐廳、咖啡廳或是遊樂設施，停車場也不會設在附近。希望大家能夠步行來此散散步，並且自行攜帶飯盒水壺來此享用。目前，整建工作仍然在這種重視環境保護的前提之下持續進行中。

野山南・瑞窪公園的計畫面積約兩百八十公頃，占地非常寬廣，由東京都與埼玉縣共同負責整建。目前已完成、開放的園區位於東南側，面積約四十九公頃，預計二〇一〇年可以全部完工。但是囿於諸多因素影響，計畫也有可能延期完成。

注意事項

1：非法棄置垃圾

在公園內非法棄置垃圾的情況有日益嚴重的趨勢。從大型垃圾、腳踏車甚至廢棄汽車都可以看到，甚至還有人趁夜開卡車來傾倒的情況發生。因為無法全面設置圍籬或路障，目前對於此類犯行並無有效的因應對策。這種行為是非常可恥的，唯有訴諸我們全體國民的良知才行。若是發現有人非法棄置垃圾，請務必向警察機關報案。

2：盜採、盜獵

公園內有各式各樣的動植物棲息繁衍。不過，也因此不斷有人前來採集。這種盜採、盜獵的行徑，當然是違法的。尤其是奇花異草更是經常遭到盜採。如果想要賞花，請到公園裡來，千萬不要採回去。若是發現仍然有人盜採、盜獵，請上前勸阻。不過，在進行勸阻之前有個問題要注意一下，因為整建區域中仍然留有私人土地，請先詢問對方是否得到土地所有者的許可，這樣或許比較好。如果對方無論如何都不聽從勸告的話，請向警察機關報案。我們並沒有監視盜採、盜獵的預算。目前正在招募義工組成巡邏隊。

3：防空洞遺跡

整建計畫區域中有許多谷戶。所謂谷戶，是被小高丘圍繞的淺谷地形。包括橫手、溝入、長田、鬼窪、本入、火野田以及猿新居等谷戶，其中本入與火野田兩處有許多防空洞遺址。過去為了因應本土決戰，這一帶的防空洞有非常多是以多層的方式挖掘。雖然園方嚴禁民眾進入廢棄的防空洞，但每年都還是會有好幾個人在此失蹤。危險區域都已經以鐵絲網隔離，絕對不能夠擅闖。

4：運輸出入道路的安全

公園區域內只有供工程車輛通行的道路。此外，公園周邊的道路也都非常狹窄，無法充分提供搬運重機具、木材等等的車輛進出之用。雖然園方已經盡力維護安全，但是在施工期間還是必須麻煩大家協助配合。

5：駕駛機動車輛

雖然園內部分區域規劃有自行車道與登山腳踏車路線，但是其他車輛一律禁止進入。有些人會騎乘越野機車或駕駛四輪驅動車輛在園內的森林或草原奔馳。森林與草原，或是看起來只不過像是水窪的地方，也都存在著蝌蚪等等生物。雖然園方備有路障及柵欄作為防範，還是不得不麻煩大家協助，若是發現違規的汽、機車，請儘速向警察機關報案。

上原想起這個公園也曾出現在驚悚俱樂部的投稿文章裡。第九筆，與兩名朋友一同發現防空洞遺跡入口的 hiroshi 網友在文章中提到的丘陵地帶，就是這個野山南．瑞窪公園。於是又跳回 hiroshi 網友投稿文章再讀一次。

說是洞穴，也不過只有十四吋電視螢幕的大小罷了。看來腦袋幾乎可以探進去，於是我決定窺探一下那個洞穴內部。至於眼睛適應黑暗之後在那洞穴裡看到了什麼，我無法在此發表。即使各位認為我故弄玄虛，也還是無可奉告。我只能簡單說明一下，之後接著窺探那個洞穴的兩位朋友，一人後來死掉了，另一人則染上了重病。

公園籌備處的網站上附有野山南．瑞窪公園及其周邊區域的地圖。上原打算明天將那份地圖畫下來。因為沒有印表機，非得手繪不可，不過今天身體和精神都過度疲勞，無法立刻動手，再說家裡也沒有書寫工具和筆記本。明天就去便利商店購買文具和筆記本吧。

關掉筆記型電腦的電源，往床上一躺，想像著去便利商店購買文具和筆記本的情況。想像這種事情非常愉快。上原覺得，為了既定目的前往便利商店是一件快樂的事。目前的這些經歷，是否應該向坂上美子的組織報告一下呢？上原在進入夢鄉之前考慮著。記得那個組織的名字叫做ＩＮＴＥＲＢＩＯ。那個女人以及防空洞的事情，ＩＮＴＥＲＢＩＯ是否會感興趣呢？躲藏在那個女人公寓住處外的空地，右手負傷，在女人屋裡觀看古老的戰爭影片，從女人那裡得知防空洞的寶貴情報，用搜尋引擎在網路上尋找防空洞的資料。自己很可能得到了無人知曉的情報。這件事，ＩＮＴＥＲＢＩＯ是否會予以肯定呢？上原心想。

下午上原醒來後，母親來訪。正準備前往便利商店的時候，門鈴響起，母親站在門外。上原覺得那只是與母親一模一樣的人偶。我從昨天晚上開始就不斷打電話過來，為什麼都不接呢？人偶進屋後問道。上原什麼也沒有回答。你父親自殺未遂，母親說。聽到自殺未遂一詞的時候，上原想到了共生虫。父親長得很像祖父，非常瘦。上原腦海中浮現出共生虫在顴骨突起的父親口中進出的景象。

你父親想看看你，能不能回家一趟？站在床邊說著這件事的母親，好像真的是個人偶。可是上原覺得非得去便利商店買紙筆不可，而且似乎也應該用電子郵件和ＩＮＴＥＲＢＩＯ的那些人聯絡一下。他們給了我寶貴的資料。若非他們提供有關共生虫的資料，我終究是無法覺醒的吧。既不會前往那個女人的住處，也不會知道防空洞的事情。站在面前的這個女人，根本就不知道現在的我有一大堆事情非做不可。為什麼這個女人看起來好像放在藥房店頭等身大小的人偶一樣失去了質感呢？這個人偶不知道我已經覺醒了。比如說那個女人給我看的影片，就無法向這個女人說明。

拜託，就算回去露個臉也好。人偶不太靈活地挪動身體靠過來，握住上原的手。觸感不像是人類的手。白而小的手掌彷彿冰淇淋般即將融化似的。和昨天晚上那個女人的手不一樣，上原心想。他掙開手，一腳踹在母親的腰間。母親一屁股跌倒在地上。似乎聽到了支撐人偶的芯折斷的聲音。生鏽的細金屬折斷的聲音。

聽到母親倒地哭泣的聲音，哥哥出現在仍然開著的門口，對上原叫道：「阿清！」染成金色的短髮服貼在頭上。哥哥原本正在接聽行動電話，見母親倒地，鞋子也沒脫就衝了進來，一拳重重擊中上原的下巴。上原臉也歪了，還狠狠咬到了舌頭。哥哥突然現身所造成的驚嚇、挨揍的疼痛與衝擊，使得腦袋裡的線路好像被切斷了。雖然頭昏眼花就快要倒下，可是手臂被抓住了。我現在就把人帶過去。好，就待在那裡等著吧。就算殺了他也要把人帶過去。哥哥一面講著行動電話一面揪住上原睡衣的領子用力搖晃。哥哥的五官扭曲，眼角看起來有種奇妙的色彩。當神經短路、現實感完全喪失的時候，就會在別人臉上的某一部分看到這種色彩。還去上學的時候，也曾看過老師和同學的臉部扭曲，臉上某處帶有這種色彩。上原因為疼痛與恐懼而陷入混亂，心想或許真的會被殺也不一定。快點換衣服啦混蛋，哥哥罵道。上原點點頭。

上原像是夢遊般被硬拖下公寓的樓梯，然後被押進哥哥停在停車場的小汽車前座，綁上了安全帶。車裡散發出在加油站買的芳香劑的味道。坐在後座的母親仍然雙手掩面哭泣，坐在駕駛座的哥哥則一直在講電話。醫生呢？哦，回去啦。那家裡只剩妳一個人嘍。這樣啊。這傢伙好像嗑了什麼藥似的。眼神很詭異。嘴裡還不知道在嘀咕些什麼。我才沒有嘀咕什麼呢，上原心裡想。不過，由於挨揍的衝擊與恐懼，他什麼也做不了。剛開始不去上學時的種種又浮上心頭。

剛開始不去上學的時候，哥哥經常毆打上原，不論當時有沒有其他家人在場。不知道其他拒絕上學的人是什麼樣的情況，但是上原認為自己是出自肉體方面的因素。早上一睜開眼睛就覺得身體沉重，起床很痛苦。起初家人很擔心，以為是生病了。可是上原既沒有發燒，經醫生診斷也沒有任何地方不對勁，後來就被認為根本就只是個懶骨頭。或許是找到了揍人的口實，哥哥每天早上都會來到床邊，把棉被拉開，用腳踹上原的背，拽著頭髮硬把他拉起來，或是用枕頭蒙臉給他苦頭吃。

哥哥很像爸爸，個子比上原高出一個頭，身體肌肉結實。雖然兄弟倆小時候經常一起玩傳接球，可是上原卻努力讓自己完全忘掉那些回憶。因為他已經決定只要記住被用球棒毆打、被腳踹的遭遇就好。在上原拒絕上學之前，哥哥並不是會動手打人的那種類型。若就不會揍人這點來看，那傢伙也不見得不溫柔。哥哥用球棒揍了上原之後表示，其實這都是出自關心。阿清，你是因為討厭學校才這麼做的吧？我希望你能夠勉為其難去上學。我從來沒有揍過人。可是我知道，有時候非動手修理人不可。練習棒球的時候，教練也曾經讓我覺得討厭得不得了。可是教練是為了我好，要鍛鍊我。為了讓我在比賽時拋開雜念而傳授了許許多多東西。這件事，實際在比賽中有所表現之後我才能夠理解。可是坐冷板凳的那些傢伙卻一直憎恨教練。對你來說，人生就像是場比賽。我是為了要你去上學才打你的，這或許等你長大成人之後就會了解了。或許到了人生中某一階段才會明瞭。所以，我願意在那之前一直扮演被憎恨的角色。

那個時候上原是國中二年級，哥哥上高一。讓我輕鬆點吧，上原只希望能夠如此。就算我不去上學，對你也不會造成任何影響吧？小時候也曾一同遊戲。畢竟是只相差兩歲的兄弟，理所當然會玩在一起。在空地上踢足球；電視遊樂器剛上市的時候也曾輪流換班打同一個電動玩具。名為《薩爾達傳說》的電玩。無法打倒敵人提升能量繼續往前推進的時候，哥哥也曾經暗中幫上原儲存能量。

早上躺在床上身體毫無力氣時看到哥哥進入房間裡，是件很可怕的事情。想到與一同打電動的哥哥是同一個人，心裡就非常混亂，覺得自己彷彿要被撕裂似的。這個男子和那時的哥哥是兩個不同的人。每天就這樣對自己說上好幾千遍。是別人。那傢伙是另外一個人。然而，冬天時用冷水澆在在床上縮成一團的上原身上之後，哥哥好像又會憶起以前一同打電動、玩傳接球、去游泳池游泳的往事。阿清，還記得夏天去游泳的事情嗎？哥哥問。有一次你因為吃了太多冰棒鬧肚子，在游泳池邊嘔吐對吧？那個時候可是我來清潔游泳池的喲。不知道為什麼，我到現在都還記得非常清楚，你嘔吐的髒東西漸漸被太陽曬乾的情景。哥哥談起了種種回憶。由於難以繼續對自己說那是另外一個人，上原便認定這名男子所說的全部都是胡扯。我才沒有和這個男子一起玩過呢。「本橋清和」根本就不是我的名字。我的名字是上原。

快點向父親道歉，短髮染成金色的男子說道。父親睡在和室裡，蓋著棉被。旁邊扔著兩個破破爛爛的小棒球手套，還有一根兒童用球棒。是短髮染成金色的男子和上原小時候玩的。妹妹就在枕邊，對上原打招呼：「你回來啦。」妹妹穿著顏色很土的毛衣，示意上原坐在一旁。妹妹的臉上也可以看到色彩奇妙的線條。妹妹的雙眼不是平行的。歪斜錯位的眼睛旁邊是顴骨，那部分有像是光譜的原色彩線。這個穿著土氣毛衣的女人到底是什麼人呢？上原想著妹妹的事情。即使公司不行了都還一直在努力工作喲。不可能退休的吧。

你的腦袋真的有問題。你的事情把父親累壞了。

短髮染成金色的男子在上原耳邊說著這些事情。上原看著棉被裡閉著眼睛的中年男子。雖然不知道這傢伙是什麼人，但是知道這傢伙的事。上原低頭看著中年男子，心裡這麼想。這傢伙的人生過得就像個機器人。是個奴隸。公司高層去選個都議員也拿來吹噓，顯示他自己也很了不起，這傢伙只跟我說這種事情而已。從來就沒有關心過我。這傢伙真沒用。上吊只是為了他自己，卻把無辜的我給捲了進來。

穿著顏色土氣毛衣的女子指指中年男子的脖子，「不能說話了嗅。」她說。因為聲帶被壓壞了。雖然敷著紗布，不過還是可以看到繩子的勒痕對吧？醫生說還是住院比較好，好可憐喔。回來和家人一起住不是比較好嗎？哥哥，你說話啊。雖然爸眼睛閉著，可是他都知道喲。剛才我告訴他阿清回來了喲，他有點頭喔。

上原直盯著中年男子的鼻孔，心裡只想著：白色細虫會不會出來呢？隨即又想到，共生虫應該不會從這個男人體內出來吧。這傢伙不但是個機器人，還是個奴隸。即使墨西哥那些能吞食共生虫的活人祭品，也都是從俘虜中挑選出來的戰士。這傢伙不過是隻懦弱的羊，只配從高崖上推下去。

等身大的母親人偶用托盤端著咖啡過來，說道：阿清回來嘍。這時候，中年男子睜開了眼睛。中年男子看著上原。快跟爸說話啊。穿著土氣毛衣的女子對上原耳語。穿著土氣毛衣的女子不知為什麼露出了微笑。過去這個女人的臉上就經常帶著這種莫名其妙的微笑。上原彎下身子貼近中年男子的耳邊，用別人聽不到的聲音小聲說道：

「我在中國失去了眼睛與雙手。戰爭末期食糧斷絕，全靠芋頭和腐壞的馬鈴薯充飢。原本以為自己就快死了，可是中國人分給我吃的東西。我不願再提起戰爭的事情。回到日本之後，曾經在佐世保的防空洞裡住過一陣子。我等一下就要回防空洞去了。聽到了嗎？我要回防空洞了。你去死吧。」

中年男子用無力的眼神看著上原。上原起身站起來時，金色短髮男子按住了他的肩頭，說道：等等。上原面前有個佛壇。是祭壇吧，上原心想。祭壇上的照片中有個令人懷念的人物，對上原露出了笑容。是個瘦削的老人。那是祖父，上原心想。祖父的身體裡想必也養著共生虫吧。祭壇上插著冒煙的灰色細棒子，旁邊擺著像是鐘的金色物品。整體裝飾著金色布與類似黑色燈箱的東西，還擺著供品。有水果，還有菊花與水仙。祖父在祭壇上。這令上原感到安心。老嫗們和活人祭品在哪裡呢？臉部和手上用泥土彩繪、掛著人齒首飾的老嫗以及活人祭品應該也在某處才對。

短髮染成金色的男子右手上的行動電話振動起來。我是。短髮染成金色的活人祭品這麼回答。是的。我稍後儘快回電好嗎？是什麼人打來的電話呢？這傢伙對來路不明的外人講話客氣得像個白痴似的，卻毆打至親的家人。過去一直都是如此。這種人天生就是要拿來當祭品的。這傢伙是個祭品。祭司會用樹枝戳起活人祭品的心臟獻給太陽。莫非我就是祭司嗎？上原心想。祭司是獲得神啟的人。那個女人要我去防空洞。給我看影片的那個女人，是服侍祭司的老嫗。那女人告訴我有關死亡與戰爭的事情。她讓我明白，這個現實全部都是謊言，而真實則是那小畫面中的死亡與殺戮。

躺在棉被裡的中年男子欲言又止，撐起了身子。脖子上瘀青的傷痕露了出來。這傢伙也是個祭品，上原心想。中年祭品似乎有話想說，一臉痛苦的模樣，可是喉嚨只發出像是漏氣的聲音。怎麼啦？您不能起來呀。穿著土氣毛衣的女子說著伸手扶住他的脖子。爸一定是有什麼話想說。

已經完成估價了。短髮染成金色的男子邊對著行動電話這麼說邊抓住上原的肩膀，要他再坐下。行動電話的體積小到足以藏在手掌裡，看起來好像在接受一個隱形人的命令似的。我明白，是。我們這邊負責這個案子的人員全部都已經掌握住狀況了。短髮染成金色的男子用手擋住行動電話的受話器，說道：阿清從今天開始會在家裡住一陣子。

上原掙開金色短髮男子的手，抄起中年男子枕邊的兒童用金屬球棒，朝行動電話用力揮去。好像有人在喊叫，可是上原沒有聽到。血飛濺到臉上。行動電話掉到了中年男子蓋著的棉被上。眼角餘光瞥見等身大的人偶伸出了雙手像是在求救。短髮染成金色的男子雙手捂著臉的下半部，好像陀螺般自己打著轉。穿著土氣毛衣的女子愣愣看著上原，不過臉上已經沒了笑容。中年男子側過身，用手撐著想要起來。你幹嘛這樣躺著啊，上原無聲地低喃著。就算痛苦也得站起來嘛。沒有生病還賴床的人就只有你一個。全世界找不到第二個了。如果這麼不想活的話，就去死吧。覺得不甘心的話，就死給我看啊。中年男子伸手要去摸上原的腳。他的喉頭蠕動，嘴邊垂下了口水。上原用金屬球棒朝中年男子的腦袋揮了過去。手上傳來打破塑膠製品的感覺。

離家之前，上原用肥皂將臉上的血洗掉。家裡再也沒有人敢來攔著上原。人偶不知所措，穿著土氣毛衣的女子則只是流著眼淚將毛巾遞給用肥皂洗好臉的上原。兩名祭品都已無法言語。雖然襯衫胸口與長褲膝蓋處沾有血跡，上原還是就這麼出門了。

右手上仍殘留著毆打兩人時的觸感。似乎只要靠著這觸感就足以支撐自己的精神與肉體了。雖然只打了一棍，但是上原卻感到不安，不知道那麼做是否正確。電視電影裡經常會出現人類的腦袋被一直打到整個軟掉的鏡頭。到底現在是冷靜還是混亂，自己也搞不太清楚。雖然身體發熱，可是並沒有不去上學或剛開始隱居時那種不愉快的感覺，也沒有要去造訪那女人住處時的興奮之情。儘管如此，還是實實在在感覺到了一種決定性的改變，那感覺不在腦袋裡，而是在右手上。那感覺凝聚成右手的觸感。但是上原認為自己並沒有改變。是外界發生了改變吧。

抱著外面的風景想必已為之一變的心情打開門，走出玄關門來到外面時，上原卻因為街道根本完全沒有改變而霎時眼睛一花呆立著不動。曾經聽精神科醫生說過，人若是在熟悉的場所遭遇意料之外的場面或狀況，就會受到驚嚇打擊。好比打開自己房間門的時候看到門口站著一個陌生人那種情況。

上原心裡想：外面的風景已經完全改變了吧。雖然他認為眼前應該已是家家戶戶的牆壁崩塌、埋在地下的自來水與瓦斯管線破裂、路邊躺著腐爛屍體的景象，然而成排先建後售住宅的市容卻和往常一模一樣。有推著嬰兒車的孕婦，還有牽著長毛小狗散步的老人。天氣晴朗，來往的巴士排放著廢氣，還聽得到街角幼稚園學童的聲音。雖然穿著染血的襯衫和長褲，但是沒有任何人注意上原。這片風景中的人們，根本就不會注意自己與別人的差別，上原心想。

走過了幼稚園，想起自己也在這裡上過學。有幾個園童在沙坑裡玩。用沙子不知堆著什麼東西。城堡、隧道，還是其他什麼東西。在玩沙的時候，那些孩子便與世界有了接觸。不論接觸什麼都好，如果不接觸任何東西，人就會發瘋，心理治療師這麼說。又說，在與所接觸事物的互動中，人便會產生自己活在這個世界上的真實感。那個「**穴**」一文的作者，又是什麼樣的情形呢？上原心想。那個人希望能夠永遠生活在洞穴裡。上原已將那篇文章整個背下來了。

我覺得，要是當時沒有離開那個滴著甘露的洞窟就好了。據說為了因應本土決戰，在四國的島嶼製造的毒氣已經祕密運送到關東一帶。包括伊普爾氣與路易斯氣等糜爛性毒氣。皮膚若是接觸到這種毒氣便會潰爛，人就會因為皮膚無法呼吸而死去。長久以來一直有人在尋找昔日儲藏這些毒氣的防空洞，可是都一無所獲。我很想躲進那防空洞裡，一面看著自己的皮膚逐漸潰爛，一面前往另一個世界。

上原可以想像出文章中提到的**另一個世界**。那是個肉體和精神全都與某種事物有所接觸的世界。共生虫正在指導自己前往那個世界。那個女人並非該殺的對象，而是一位導師。她教導我，確實存在著這麼一個世界，那個世界裡唯有死亡與殺戮才是現實。到目前為止，只有那個女人讓我明白了這件事。那個女人給我看的影片完全是真實的。證據就是，我能夠將兩名活人祭品獻給共生虫的世界。那種觸感仍清清楚楚地留在右手上。

渡邊兄，我是上原。我已經看過共生虫的相關網頁了，非常有意思。

Watanabe wrote:

>你的情況如何？　例如，是否會有明

>顯的暴力慾望或是殺人慾望之類的呢

>？　老實說，ＩＮＴＥＲＢＩＯ對你

>非常感興趣。

是不是有那種慾望我也搞不清楚，不過我已經看過共生虫的網頁，還遇見了一位非常有幫助的女性。其實我原本是帶著武器去找那位女性，打算將她殺掉的，可是她卻替我包紮傷口，還給我看影片。她給我看的是古老的戰爭影片，死了非常多人，還有以前的日本兵全身都著火了。那個影片是用一個非常小的銀幕播放的，只有明信片那麼大。後來，我又對一個地方產生了興趣。事實上，我現在必須立刻動身前往那個地方，沒辦法寫太長的信。我並不清楚等一下要去的地方在哪裡，沒有辦法交代目的地，不過我會帶著電腦，可以的話就會傳送信件。除此之外，我還用金屬球棒揍了兩個認識的人。說是認識，其實是相當親近的熟人。或許已經被我殺了也不一定。雖然不知道是不是共生虫的緣故，但可以確定是受到了什麼影響。真希望能夠收到坂上小姐的回信。這樣是不是太強人所難了？麻煩ＩＮＴＥＲＢＩＯ的諸位幫我轉告。網站上那些共生虫的相關文章都很艱澀，不太容易理解，雖然我不知道是不是已經弄懂了，但總之讀起來很有趣。

寫信給渡邊，然後用鉛筆將野山南．瑞窪公園的地圖簡單畫在筆記本上。順路去便利商店買了筆記本和鉛筆，付錢時店員雖然注意到上原的襯衫上有血跡，但立刻將眼睛轉開。怕我喔，上原心想。剛才ＰＨＳ手機接到來電，人偶打來要我去向警察自首。去自首的話罪比較輕喔。

我現在非去防空洞不可，沒辦法去自首。上原將睡衣鋪在背包內，將筆記型電腦放在上面。從冰箱拿出保特瓶裝烏龍茶、兩個橘子、名叫茸之森的巧克力零嘴，一起塞進背包裡。然後想到可能得準備手電筒或蠟燭，不過這些東西附近應該有得買。

首先必須搭乘公車。搭公車到瑞窪站下車。抵達車站的時候千萬不能夠忘記要用信用卡領錢。從車站的北面出口繼續向北走，就會抵達公園入口。公園的面積比上原居住的東村山市還要大得多。目的地的區域本多與火野田位於公園的西南部，參考路標是〈綠之工廠〉的廠房。好像是木材砍伐後的加工處理廠。上原回想起網頁上的照片，是一棟殺風景的兩層樓建築。

在站牌等公車。行車時刻表已髒得看不清楚了，一個戴眼鏡的中年婦人告訴上原要再等個兩、三分鐘。婦人提著紙袋。看得到紙袋裡裝著幾顆梨。謝謝，上原向婦人道謝。站牌旁只有三個人，除了婦人和上原之外，還有一名穿著淺咖啡色西裝的年輕人。西裝男子的左手提著一個扁扁的黑色塑膠皮提包，右手一圈圈甩著行動電話。雖然還不到下午兩點，但天氣陰陰的，風中已帶著寒意。著西裝的年輕男子好像很冷似的不斷做著縮肩的動作，其間還數度踮起腳望向公車駛來的方向。

突然間傳來叮鈴叮鈴的聲音，一名警察騎著腳踏車而來。深藍色的制服出其不意映入眼簾，上原差點叫出聲來。警察並沒有停留，不過上原仍然將厚毛風衣的領子豎了起來，並把身體包緊。雖然從外面看不到，但他還是要將染血的襯衫遮起來。蓄積在體內的熱彷彿在一瞬間消失得無影無蹤。原本可在人臉上某部分看到的原色光線條也消失了。心跳加速，身體由外而內逐漸冷卻下來，並且回到了那兩名祭品事實上是自己的父親和哥哥的現實之中。警察制服的深藍色扯破了上原的幻想，現實便從那裂縫中滲透進來。父親死掉了吧，上原心想。父親這個概念、實際與父親有關的記憶，以及用金屬球棒毆打父親這個中年男子的腦袋這件事實，在上原心裡逐漸整合起來。就在一種眼見一幅圖案很不吉利的拼圖即將完成的不舒服感覺下，與用金屬球棒砸下去時的觸感重疊在一起了。當時打破東西的觸感，經由金屬球棒傳到了手上。褲管上的茶色汙漬並不是血。難道是腦的一部分嗎？

在靠窗的位子坐下。好久沒有坐公車了，想不起來上次是什麼時候坐的公車。持續復甦的現實正要控制住上原。不能被現實控制住，這是上原在輟學的過程中所學到的。如果勉強自己與現實連結的話，身體就會出現排斥反應。拼圖片可分為三大類：第一類是一般的父親概念，第二是實際與父親有關的記憶，最後則是飛濺的血滴與金屬球棒的觸感。

街道不斷往身後倒退。便利商店的廣告牌。小鋼珠店的霓虹燈。不動產仲介商的櫥窗。身著白西裝配紅色蝴蝶領結，面帶笑容的肥胖美國人造型人偶。錄影帶出租店門口張貼的電影海報。藥房店頭擺設的產品代言玩偶。電玩遊樂場門前閃爍的燈飾。三名高中女生擠在公共電話亭裡笑著講電話。邊走邊看報紙的中年男子瞬間出現在視野然後又遠離消失了。

一名瘦削的中年男子上車，令上原嚇了一跳。因為覺得他很像父親。男子抓著吊桿，當公車轉彎時身體一歪順勢在斜前方的座位坐下。上原偷瞄著男人的側臉。除了瘦削這個共同點之外其他都不像，不，或許很像也不一定，上原又改變了想法。不過並不清楚。雖然腦海裡想要描繪出父親實際的各種表情、姿態、動作，可是辦不到。記憶變得曖昧不明。想起一同去迪士尼樂園的往事。此外還去過別的地方。好像去看過一座長橋，還曾經搭乘觀光船順流而下。不過記憶裡並沒有父親當時的表情、姿態和聲音。父親的具體形象真的是哪裡都找不到。沒有第二類的拼圖片，上原心想。什麼地方有東西弄錯了。上原這才知道，若是閉上眼睛都可以想像出那個人笑的模樣、與他人談話的模樣，以及各種姿態與表情的話，就會產生出親密感。父親說話時，不是講公司的事情就是說教。既不曾興奮期待地聽父親講話，也不曾和父親相視而笑。上原覺得拼圖好像變得亂七八糟了，但心裡卻想：反正這也無所謂。從那個中年男子被打破的腦袋中飛濺到褲管上的茶色液體到底是不是腦漿，這種事一點也不重要。

上原在瑞窪車站前的銀行提領了一百萬。穿過平交道從車站的北面出去，就看到了野山南・瑞窪公園的指示牌。有河水流過，通往公園的路是筆直的。

7

上原在車站前的戶外用品店買了好些東西，包括手電筒、電池和腕表型指南針，水、卡路里代餐，襯衫、襪子與內衣褲，還有羽毛睡袋和大型背包。那是家賣場分為三部分的大型店。上原本來打算買毯子，但是店員推薦睡袋，說是比較輕而且又耐用。親切的店員問上原是不是賞鳥客。上原說是啊，然後買了附有三腳架的賞鳥用紅外線雙筒望遠鏡。雖然很貴，可是他的考量是，若是背包塞著附腳架的紅外線望遠鏡，即使在公園裡獨行被別人看到了也不會覺得奇怪。

車站前面車多人擠。每個地方的景色基本上都相當類似。市容的色彩與造型都沒什麼差別。建築物大多是灰色或淺褐色。不論走到哪裡，氣溫和濕度好像也沒有什麼變化。人們的穿著打扮幾乎都一樣。於是最後連自己是誰都不知道了。所以之前才會一直搞不清楚自己與外界的界限在哪裡。但如今我知道了，上原心想。

道路左側是條河。比上原公寓旁的河要寬。大樓密集處的河道為加蓋的混凝土擋住，看不見了。今天是星期幾呢？對於星期幾和時間的感覺已經變淡了。雖然直到一個星期前都還無法獨自前往醫院或是便利商店，但是對於時間與星期幾的感覺卻非常清楚。吃吃母親買來的奶油泡芙、草莓蛋糕、水果罐頭或是速食杯麵，打打電動玩具看看電視，把一天的時間打發掉。彷彿被時間所支配似的，將漫長的下午與夜晚熬過去。雖然鎮定劑的藥效使得意識與身體經常都處於倦怠之中，但是每天是星期幾、現在幾點，這些卻都一清二楚。只要一看到電視節目就知道，而且連昨天是幾月幾號星期幾都記得。不知為什麼，唯有這種事情記憶最鮮明。

幾個孩子將小木塊丟在河裡放水流。接近公園之後，河道就不再被混凝土蓋住了。看到漂浮的木塊，才知道河水的確在流動著。時間也是像那樣在流動嗎？上原心想。不論是對什麼樣的人，時間都在流著。不論是供養著共生虫的人、沒有供養共生虫的人，頭部遭金屬球棒重擊腦漿四濺的人，正以防空洞為目的地走去的人，整天躺在床上看電視的人，大概在時間之流中都是平等的。難道時間這東西就像是流動的河水嗎？難道只要有類似木塊之類的東西漂浮著，就可以清楚了解那流動嗎？

公園入口附近有個大型停車場，裡面停著很多車。莫非今天正好是假日嗎？上原心想。停車場裡有引人注目的四輪驅動車，每一輛的車身都很高。不少車還裝著大輪胎。不論輪胎或車身都擦得發亮。有些家庭和情侶正在收拾東西準備回家。有個男子正將腳踏車固定在車頂上。有個女人正將藍色塑膠椅摺疊起來。

一面告示牌上繪有公園簡圖，上原從中確認了〈綠之工廠〉的位置。簡圖上以不同顏色標示出開園區與整建區，還以漫畫造型畫了狸貓、鼴鼠、猴子，以及幾種鳥類，旁邊有對話框，裡面寫著台詞。

「歡迎來到心靈的故鄉。」

「要遵守遊園規則噢！」

「要和樹木還有動物們當好朋友喲！」

「要像愛護自己的家一樣愛護大自然喔！」

「不可以靠近危險場所！」

登上告示牌旁的陡坡後，一個坡度和緩的廣大缽形公園在上原的眼前展開。太陽已經下山，但是一整片在橘紅色餘暉下的綠意讓上原有種清新的感覺。一陣輕微的暈眩，身體裡面彷彿傳出了有如電影片尾曲的音樂。上原心想：好久沒看過這種占據整個視野的風景了。公園的斜坡上有非常多的人，各種顏色的椅子點綴在草地上。在上原的眼中看來，就好像是綠色的皮膚上冒出的小皰似的。這個公園的那一頭是個雜木林，〈綠之工廠〉應該就在森林裡。

上原邁出步子從皰疹般的人群間穿過。有一家人帶著孩子在玩飛盤。媽媽的頭髮紮在腦後，額頭上冒著汗水。穿著全套牛仔裝，看來約莫七、八歲的孩子，一次也沒能夠接到飛盤。媽媽與孩子之間鋪著紅色塑膠布，爸爸抱著狗坐在那裡。長著奶油色長毛的大型狗。狗左右轉著頭，看著在媽媽與孩子間不規則地飛來飛去的螢光色圓盤。奶油色大狗的後方，有一群人圍著圓圈在玩遊戲。圓圈中心的男子臉頰紅通通的，一手拿著罐裝啤酒，大聲喊出植物的名稱。男子一說出植物名，就有一人接著連呼另一種植物名稱。如果說的是魚的名稱，又會有一人跟著大聲說出不同種的魚。每次一喊出植物或是魚的名稱，他們就一起大笑。他們好像盡可能笑得大聲，好讓所有的人都聽到似的。上原每前進三步，那群圍成圓圈坐在塑膠椅上的傢伙就喊出一種植物或是魚類的名稱，接著就是笑聲。每當那結成一團的笑聲響起，上原就知道，構成皰疹斑點的他們又腫得更大了。他們屁股下面的塑膠椅是藍色的。藍色塑膠椅的旁邊有對父子在踢球。父親身穿灰色運動套裝，孩子穿著紅色毛衣與短褲。球上寫著什麼英文字。球在地上滾的時候，英文字也隨之轉動。那顆球到處亂滾。球滾到了四個並排在一起聽隨身聽的女孩那裡。女孩們的兩部隨身聽各接了兩副耳機，兩兩隨著不同的音樂扭動身體。女孩們抱膝坐在粉紅色塑膠椅上，腳邊放著罐裝的清涼飲料。四個女孩都穿著牛仔褲，但是四罐飲料都不相同。

一名女子抱著小狗，球也滾到了她那裡。球上的英文字在轉動著，抱著小狗的女子一直撫著狗狗的脖子，圍成一圈的皰疹的笑聲距離上原越來越遠。

餘暉橘紅色的光線均勻地照在草地上。幾乎是橫向射到人們的臉上。除此之外還有狗，飼主們聚集在公園的中央處談話。還有穿著深藍色連身工作服，像是馴狗師的男子。那人的脖子上纏著毛巾，金牙在側面照過來的餘暉下閃閃發光。

有幾個孩子拿著樹枝和棒子到處跑。用眼睛追著他們看，感覺好像整個公園都在搖晃似的。一個孩子從身旁經過時，上原背包口袋裡的ＰＨＳ手機響起。阿清啊，一瞬間聽到了母親的聲音，可是上原立刻將電源關掉了。既然接得到電話，上原認為附近應該有ＰＨＳ的基地台。那就可以和ＩＮＴＥＲＢＩＯ聯絡了。儘管筆記型電腦和手機都需要充電，不過電源並不難找。以前曾見過流浪漢在澀谷兒童公園的公共廁所裡使用電動刮鬍刀。除此之外應該還有好幾種辦法可想。

圍成圓圈嚷著植物和魚類名稱的皰疹的笑聲，已經小到快要聽不見了。穿過半個公園之後，仍不時會遇到人與狗。有好幾處聚集著人與狗。人在聊天，狗兒們在嬉戲。感覺上人與狗井然有序地待在那裡。似乎有許多隱形的線條如棋盤般縱橫交錯，人和狗都被擺放在交叉點上。只覺得人與狗好像都沒有自己的意志，是被某種力量擺放在那裡的。不論人或狗的動作和表情都很機械化，看起來像是依照某人的命令在動作。大家的表情都一樣，露出只有臉部肌肉抽動的笑容。

公園周邊設有長椅。靠近雜木林一隅有個木頭搭建的小舞台。上原覺得，好像有隱形的線條以那舞台為中心放射出來。舞台上有個長髮男子抱著吉他自彈自唱。沒有聽眾。歌聲斷斷續續傳來。歌詞的意義不明，好像用了很多我啊你呀之類的字眼。那個長髮男的前方有一群年輕人，他們圍著的攜帶式瓦斯爐正冒著煙。是在烤肉。一個女孩邊吃著烤焦的香腸邊發表著什麼意見。關於工作與自我價值的意見。雖然沒有人贊成她的看法，但是並沒有引起爭論。大家都邊吃著香腸、喝著啤酒，邊聊著換工作或辭職的事情。一顆足球滾了過來。三名男子站成三角形互相傳踢球。有對父子檔在傳接棒球。孩子年紀非常小，還不太會把球扔出去。爸爸對兒子說動作要再大一點，小孩子不明白這句話的意思。媽媽跑去追從小孩身後滾走的球。媽媽要求孩子要更專心一點玩球。在生命中要更加珍惜噢，吉他男唱著。風吹得歌聲斷斷續續的，不知道到底要珍惜什麼。大概是在呼籲要更珍惜將自己與其他人配置在這公園裡的那個巨大力量吧。身穿一式白色運動裝的男女在打羽球。白色運動裝上畫著迪士尼的卡通圖案。兩人不知為什麼一定要跳起來打。球拍前端劃出橢圓形軌跡，在上原的眼底形成了殘像。在生命中要更加珍惜噢，長髮男的歌聲逐漸遠去，彷彿是風把歌聲給剁碎了。公園中央一帶的窪地有座溜滑梯，還有掛著幾條繩索的簡易體能訓練場。一個掛著腰包的男子，帶著一個應該是女兒的小女孩在玩溜滑梯。小女孩的額頭上有燙傷的疤痕。男子不時搖搖腰包，腰包裡傳出金屬的聲響。

踩著短短的草，上原覺得很舒服。有種陷入薄薄的海綿蛋糕中的感覺，然後鞋底才觸及地面。有對情侶擁著肩在看夕陽。不過他們雖然是朝著日落的方向，但並沒有真的在看夕陽。只是依照某人規定的行為做做樣子而已。從旁邊經過時，聽到他們在講悄悄話。男方說：我可不這麼想；女方說：可是你不覺得這也是沒有辦法的事情嗎？男子把車鑰匙掛在右手手指上轉著玩，女子則規律地用左手扯著附近的草。女子穿著深藍色短裙，膚色絲襪緊貼在女人腿上，大腿處泛著光澤。女人泛著光澤的大腿旁有個吃了一半的漢堡。漢堡的包裝紙上畫著小丑。包裝紙縐縐的，小丑的臉也歪了。

空中有好幾個飛盤飛來飛去。飛盤的飛行路徑都是決定好的，飛盤順著眼睛看不到的路徑在飛行。狗都是同一種類，長著奶油色的長毛。這個公園裡有規定，不是那種狗就不能進來。汽車非得是四輪驅動車不可，褲子必須是牛仔褲，而食物則非得是包裝紙上有小丑圖案的漢堡和烤焦的香腸不可。穿裙子的女人得穿絲襪，大腿必須要有光澤，而抱著吉他的男子則非得留著長髮不可。隱形線條交叉點上，哪個人要被擺放在哪裡，也是事先決定好的。人必須以一定的拍子笑，狗則必須看落日。慢跑的人非得穿藍色運動裝不可。我就是不想遇見這些傢伙才會隱居的，上原心裡想。這些傢伙的腦袋裡，應該也有用金屬球棒一打就會飛濺出來的腦漿才對。沒有任何人看上原。上原的厚毛風衣下面是染有血跡的襯衫，還殘留著飛濺沾上的腦漿的味道。誰也沒注意那聞起來像是魚乾的味道。沒有人想要看看被藏起來的東西。一群被井然有序排放著的皰疹，連用金屬球棒毆打每個人的腦袋都會有腦漿濺出這種真實情況都不知道。一對情侶坐在帆布椅上，隔著組合式桌子凝視著對方。他們含情脈脈面帶微笑。男子發現有條黑色毛虫在桌上爬，並告訴女子。毛虫的身體一伸一曲在桌上前進。兩人看看毛虫又互相看看，臉上一直帶著微笑。

踏入雜木林之後便聽到了鳥叫聲，心情也隨之平靜下來。而且幾乎看不到什麼人了。沿著寬度不足一米，沒有鋪裝的小路往上走。頭頂上方被樹木遮住，周遭業已暗了下來。每當風吹動樹枝，就可以聽到樹葉摩擦的聲音。上原踩著枯葉慢慢往上走，心裡懷疑：是否能在天黑之前找到防空洞的入口呢？根據網路上搜尋的資料，會有一面禁止進入的告示牌，危險區域還圍著鐵絲網。如果從禁止進入的方向繼續前進，應該會有所發現才對。

雜木林裡堆積著厚厚的落葉。上坡途中，看到一對男女在落葉上親熱。女人發現了上原，掙開把頭埋在她胸前的男伴。男方朝上原的方向望了一下，隨即又把嘴貼向女方的胸部。在昏暗的樹林裡看不清兩人的臉，但在女人向後仰時，上原看到了她白皙的脖子與尖尖的下巴。那白色的造型好像某種小動物的臉，可是上原想不起來是哪種動物。只有外國某一特定區域才有的知名動物，但就是想不起來。

遠方傳來鐘聲，還有關園時間已到的廣播。儘管穿過寬闊的公園時沒有休息，又走了好長一段上坡路，可是上原並不感覺累。呼吸也仍然平順。身體裡可以感覺到共生虫的存在。上原知道，在祖父病房看到的那種異常細長的白虫在體內繁殖，密密麻麻地擠在皮膚下面。上原認為自己已經了解了共生虫。反覆閱讀ＩＮＴＥＲＢＩＯ的網頁數百回之後，似乎已可以想像出腦部與共生虫的關係了。共生虫在血液中順流而下或逆流而上，在全身各處移動。當然，共生虫並不是藥或毒那麼單純的東西。腦內有各式各樣的物質。有安定情緒的物質，相反的，也有造成不安的物質。此外，如果鎮定物質遭到破壞就會產生不安，造成不安的物質若是被破壞的話就會平靜下來。那些物質非常小。人腦的結構非常複雜，有數目驚人的神經互相連結在一起。就如同電腦網路。神經與神經就像蜘蛛網般彼此互相聯繫。神經與網路的線路一樣，靠電力來收發訊號。那些物質能夠促進或干擾此類電子訊號的收發，並影響腦部整體的運作。就像是輸入終端機或伺服器中的各式資料一樣。放大增幅、轉換，有時則會使線路慢下來。共生虫會排泄出非常類似這類物質的東西。共生虫的糞便之類的東西，會增強或抑制神經間的聯繫。這種機制是在偶然間發生作用的，ＩＮＴＥＲＢＩＯ裡ＶＸ毒氣這號人物如是說。所以體內供養著共生虫的生物會採取各式各樣的行動。有從高崖上飛躍而下的羊，有在快感中被殺的古代俘虜，也有只是靜靜等死的老人。其共同之處，就在於都是設定為滅絕的物種。

蜿蜒的坡道上方傳來談話聲。雖然林木遮著看不到人，但是知道有人接近。上原躡手躡腳踩著落葉，悄悄走進雜木林。身子好像快趴在地上似的輕輕移動腳步前進，然後躲在一棵綁著板子的大櫸樹後面。雜木林裡非常安靜。一群小虫在樹枝間移動，有如一陣煙。儘管蜘蛛絲沾到了臉上，手背上還有形狀令人噁心的虫在爬也都不在意。上原屏息躲在綁著板子的大櫸樹後面一動也不動，直到那些長統靴完全消失，談話聲完全聽不到為止。

路越來越窄，到處都有顯眼的禁止進入告示。不久之後，上原來到一條與林道交會的石子路。一條鋪著碎石子，小型卡車勉強可以通行的小路。那條路的前方一處開闊地上有棟兩層的組合式建築物，有公共電話，還有屋外燈。燈已經亮了。微弱的光線下浮現出〈綠之工廠〉幾個字。綠之工廠，大約有兩間小學教室那麼大。窗戶玻璃反射著屋外的燈光。建築物裡一片漆黑，看不到人影。屋頂鋪的是石綿板，上原覺得就像個大型儲藏室。有兩個出入口。一是人員進出的門，一是木材的出入口。一樓地板上排放著工作機械。有個信箱，裡面亂七八糟塞滿了各種通知書之類的文件。玄關門的鎖上滿是灰塵。玄關門上貼著一張紙，上面用麥克筆寫著：來訪者請洽公園管理辦公室。那張紙也已破損。綠之工廠似乎已經歇業了。上原確認了一下建築物、石子路以及雜木林的整體相關位置，並且將周圍的樹種、生長情況記在腦袋裡。綠之工廠屋頂上那根細細的天線看起來是個不錯的參考目標。

路越來越窄，一個終點標誌擋在面前。路好像被雜木林吸進去似的中斷了。有面禁止進入的告示牌，鐵絲網掛著寫有〈火野田〉的板子。板子很髒，字都快看不清楚了。上原四下打量一番。林木的密度要比山麓濃密。天色已黑，數公尺外就都看不見了。只聽得到虫鳴鳥叫的聲音。太陽下山之後，好像連呼出的氣都變得白濁了。不過上原卻不覺寒冷。朝雜木林中前進，一定會找到防空洞，他這麼認為。

翻過終點標誌與鐵絲網，憑藉著地面的傾斜前進。為免光線洩漏行蹤，所以沒使用手電筒。林木茂密，不清楚兩旁起伏的狀況。上原認為，只要登上斜坡就好了。開始走之後沒多久，周圍已完全陷入黑暗，只能夠摸索著前進。探出手抓住前方的樹幹或樹枝，身體再跟著拉過去。自己的呼吸彷彿加入了風中，從林木之間穿過去。遠方有動物的眼睛亮著紅光。動物眼睛的光亮起又消失。看得到紅點的時候，表示有動物在看著上原。覺得就好像大樓樓頂閃爍的燈一樣。

眼睛逐漸習慣了黑暗。月光垂直射向雜木林，在地面上映出淡淡的影子。人眼的構造真是精巧奧妙啊，上原覺得。眼睛一看著月光照亮的地面和樹木，暗的部分就看不見了。若將視線轉向暗影的部分，就好像反應慢的網頁畫面在電腦螢幕上出現時那樣，輪廓一點一點清晰起來。感覺到視神經慢慢變得敏感了。如果看不清楚暗處就無法繼續前進。明亮會使感覺變得遲鈍。手、臂與肩膀的感覺都變得敏銳了。堅硬樹枝與柔軟樹葉的差別，似乎在將要碰觸到之前就可以分辨出來。腳也一樣，會自然而然避開樹根或尖銳的岩石。所有感覺的開關都打開了。乾枯落葉被踩碎的聲音間穿插著濕落葉陷入地面的聲音，枯枝折斷的聲音則有如鐘聲般響徹林間。

這麼在雜木林中前進著，一種奇妙的感覺漸漸在上原體內甦醒了。如夢般的感覺。從碰觸枝葉的手指與踏著落葉的腳，以及背著背包的肩頭，夢境般的感覺向全身擴散開來。並不是喪失了現實感。也不是陷入幻想或妄想之中。不是弄不清楚自己身在何處或做些什麼，也不是注意力被打斷了。指尖先向前方探去，接著用手抓住樹枝或樹幹，確定強度後再用力把身體拉上去。由於坡度相當陡，前進的時候除了必須盡量避免踩到石頭之外，還得小心不要被露出的樹根絆倒。某些樹種的周圍垂掛著好幾重藤蔓。彷彿在一間滿是電纜的漆黑屋子裡走動一樣，必須避免被藤蔓纏住腳才行。

這種如同身在夢境中的感覺，難道是因為被黑暗包圍所造成的嗎？好像不是這樣。並不是想起了什麼回憶。夢，並不是想看就看得到的東西。夢就好像夏日的雲朵般湧上來，與自己的意志根本沒有關係，讓人一點辦法也沒有。不知為什麼，從開始隱居後就變得不會做夢了，這件事以前竟然一直沒注意到。隱居後還沒有開始上網的時候，全靠打電動和看電視來打發時間。被醫生與母親強迫服用的鎮定劑不但驅走了頭痛、不安與憂鬱，連食慾和性慾也一併清除了。做夢的能力想必也被清除掉了。

指尖觸到了粗糙的樹幹。還有枯枝，柔軟的常綠樹樹葉，以及荊棘之類的物體。彷彿那個部分藏著記憶似的，指尖喚起了影像。孩提時代有關手指的夢在眼前甦醒過來。手指甲的夢。指甲長得好長好長。不趕快剪指甲不行，年幼的上原十分著急，把家裡的抽屜一一拉出來找指甲剪。抽屜裡有好幾把造型奇特的指甲剪。有造型像是刨筆機的指甲剪，有像是眼鏡的，有像是捕虫網的，還有像是電視遙控器的。也有形狀像是生物的指甲剪，而且還真的活生生地會動。造型像是小雞的指甲剪拍著黃色的翅膀，蛹形指甲剪在眼前羽化成蝴蝶，狗頭做成的指甲剪則在呼吸。這種指甲剪可以用來剪指甲嗎？上原覺得很不安。就這麼感到迷惑之時，指甲依然沒有停止生長。

虫子在手掌上緩緩爬著。夜裡，雜木林中有許多白天看不到蹤影的虫子。將手掌攤在月光下，看到許多種類的小虫在動。比泥粒或枯葉碎屑還要小的虫，運動著那刺扎扎的腳到處爬。虫子在手掌上爬的感覺喚起了影像。上幼稚園的時候，曾經做過手掌變成海星的夢。是噩夢。手掌被虫刺傷了，經常在圖鑑上看到，可是沒有見過實物的外國的虫子。手掌癢得要命，不久就變得非常痛。手掌從中央一帶漸漸腫了起來。兒時的上原並沒有把手掌的事告訴任何人。去幼稚園上學時也將手掌藏起來。刺傷手掌的虫在皮膚裡產了卵。腫起的皮膚有一部分變得透明，裡面可見密密麻麻的顆粒，好像兩棲類的卵似的。卵粒越長越大，裡面的生物胚胎似乎會動。隨著卵中幼虫的成長，手掌開始起了變化，漸漸變粗變硬，皮膚的顏色也開始轉變成鮮豔的橘紅色。手指變尖了，被朋友們嘲笑好像外星人。等到裡面的生物即將破殼而出的時候，手掌變成了海星。早上醒來確認手掌仍然正常，並沒有變成海星之後才會放心。就如同在那女人住處用小銀幕看的戰爭影片一樣，身體各部分接二連三出現了夢。

臉上沾著蜘蛛網，厚毛風衣上密密麻麻沾著附著性的種子與果實。臉頰的肌肉喚起了夢。厚毛風衣上的種子與果實喚起了夢。上面偶爾會掉下堅硬的樹實或斷枝。樹上的東西，是被風給搖下來的。風會造成各式各樣的聲音。仍留有綠葉的樹枝一齊搖晃時的聲音有如漣漪，落葉發出的嘈雜聲則近似小溪。反芻著被那些聲音喚起的影像，上原決定不要休息繼續爬坡，終於來到一處應該是雜木林山頂的地點。

Uehara wrote:

>或許已經被我殺了也不一定。雖然不
>知道是不是共生虫的緣故，但可以確
>定是受到了什麼影響。真希望能夠收
>到坂上小姐的回信。這樣是不是太強
>人所難了？麻煩ＩＮＴＥＲＢＩＯ
>的諸位幫我轉告。網站上那些共生虫
>的相關文章都很艱澀，不太容易理解
>，雖然我不知道是不是已經弄懂了，
>但總之讀起來很有趣。

上原兄你好，敝姓板垣，板垣卓。itagaki suguru。我在前橋，是牙科醫生。希望你能夠收到這封信。坂上美子小姐並不會寫信給你。寄那些胡說八道的電子信給你，虛構出〈共生虫〉之類情報的INTERBIO，是網路社會所產生的最惡劣妄為的傢伙。我過去也一直是他們集團的一員。熟悉網路、寫程式、製作隱藏網站，還認為入侵伺服器純粹是件很帥的事。從各方面來看，坂上小姐也是個受害人。因為她是位以熟悉網路與高科技為招牌的主播，喜歡召集一群這方面的專家在自己身邊。雖說是專家，也包括了各路人馬，彼此之間也幾乎沒有打過照面。不過，這些傢伙卻瞞著坂上小姐竊據了網站，依自己所好去運作。由於坂上小姐原本對網路與程式並不太熟悉，等到發現的時候已經太遲了。坂上小姐完全拿他們沒辦法。剛才說過，我以前曾是他們的一員，不過並沒有正式退出，仍然能夠看到INTERBIO的ML。所以我才會看到你的電子信。若是真的宣布退出，不知道會有什麼樣的下場。我的本名、年齡、住址、電話號碼、上班的公司，他們全都一清二楚。上原兄不過是用電子郵件在留言板發言而已，為什麼住址會被INTERBIO知道呢?沒錯。因為他們會侵入伺服器。聽說有的伺服器無法入侵，有的則比較容易入侵。這種事我並不太清楚。他們就是會這樣死纏爛打地去蒐集個人資料。

以前，他們的惡作劇就很傷人。留言板的新訪客幾乎都是坂上小姐的迷。起初他們會在留言板上予以歡迎，讓當事者漸漸覺得自在，但過分的時候就會撬開那個人的電子郵件信箱，把個人隱私掀出來當成大家取笑的對象。這當然是不可原諒的罪行，而且，並不是在任何伺服器上都辦得到。事實上那幾乎是不可能的事情。只不過，那些傢伙裡面也有伺服器的管理者。他們這種犯行並不能在每個人身上都得逞。成為犧牲品的，大多是剛開始接觸電腦的老實人。那些傢伙最近惡作劇的程度又有加劇的趨勢。也就是決定好目標，然後控制那個人。雖然剛開始是寄上電子信表示坂上小姐有意相見，然後要求對方在現實生活中前往某處並且回報等等整人行為，但是最近那些傢伙似乎正沉迷於一種遊戲：要使目標對象一步步成為罪犯。在你之前已經有好幾個人受害了。至今仍讓我記憶猶新的，是一個表示對環保運動很感興趣的男性。那個人的個性非常神經質。我一直覺得，會上網的大多是比較寂寞的人。簡單來說就是想交朋友，想找談話的對象。於是INTERBIO就會從中挑選神經纖細、容易受傷，情緒容易受控制那一種類型的人。由於某地方城市因住宅用地的開發使得一個小公園即將消失，令那個人感到義憤填膺，因而出現在坂上小姐的網站。網路上的新手，神經質，孤獨，喜歡樹木，擁有這些條件的人正是最佳目標。INTERBIO不斷以電子郵件激怒他、鼓動他，有時則是臭罵他一頓。那個人總是邊哭邊回電子郵件。他的來信開頭總是這麼寫道：我現在是流著淚寫下這封信的。回想起來彷彿是昨天的事情似的。由於以往從不曾經歷過這種事，INTERBIO很簡單就讓他落入了圈套。

>你是個垃圾，知道嗎？或許比垃圾還
>不如。既然說喜愛樹木，怎麼能夠只
>想到種在一個小公園裡的樹呢？這種
>人，我們都稱之為垃圾。有沒有考慮
>到，全世界有多少樹木遭到砍伐，又
>有多少森林資源消失了呢？有沒有去
>調查過目前全世界森林遭到破壞情
>況的相關資料呢？你知不知道，日本
>企業在泰國與印尼經營著多麼蠻橫的
>伐木與製材產業呢？難道你以為，如
>果沒有挺身跟那些人抗爭的意願，能
>夠救得了那個公園裡的樹嗎？你知道

＞什麼叫做物理性的反抗嗎？你這個廢

＞物。

請想像一下，一個容易受傷的人想要親近，結果收到這種信的後果吧。結果當事人在那個公園自殺了，只是並沒有死。因為他聽從了INTERBIO的命令，以自己的生命向地方政府表示抗議。這件事坂上小姐並不知情。因為INTERBIO控制著ML，內容有問題的郵件都不會讓坂上小姐看到。看到受害者上了報紙或是電視，INTERBIO那些傢伙就會覺得很高興。在那個案例中，他們所使用的團體名稱當然並不是INTERBIO。我記得他們自稱是《蓋婭：地球思想》。網頁已經完全從伺服器上刪除，沒有留下任何證據。而且遇到這種情況，被害人在錯愕之餘，根本不會提出控告。前不久，一名看護福利辦事處的男性才成了犧牲者。他奉命去攻擊買賣器官的墨西哥黑幫，結果因為在東大久保用刀刺傷墨西哥裔賣春女而遭到逮捕。上原兄，你是第七名犧牲者。共生虫什麼的，根本就不存在。你在信上說要前往某個祕密場所，到底是什麼地方呢？只有我是站在你這邊的。我附上了個人的信箱，請來信告知目前所在的確切位置。因為你已成為下手的目標了。只不過，由於你的行動比其他人要來得快，讓INTERBIO那些傢伙措手不及。不論是天涯海角，他們都不會放過你的。知道嗎？

除了我以外不要告訴其他任何人。我再強調一次，只有我站在你這一邊。請告知你目前的所在位置。越詳細越好。

在雜木林山頂一帶，上原清理出一塊睡覺的地方。他選擇一處頭上有低矮灌木遮著的地點，把乾葉堆起來，鋪上銀色的隔熱墊。把臉上和手上的汙泥弄乾淨之後，從背包裡取出筆記型電腦，接上PHS手機，連上網路。電腦螢幕的藍白色光隱約照著雜木林，然後收進了這封奇怪的電子郵件。

8

這封電子郵件到底是怎麼回事呢？納悶的上原關掉了筆記型電腦的開關。雖然有三顆電腦用的電池，還是得省著點用。那間無人的綠之工廠應該可以充電，但是風險也大。把電腦收進背包裡，脫掉鞋子，把睡袋攤開。將充填著羽毛的睡袋鋪在隔熱墊上，打開拉鍊鑽到裡面去。睡袋夠大，觸感柔軟的蓋子蓋著臉很舒服。全身很快便暖和起來，呼吸似乎也變得輕鬆愉快了。緊張感漸漸放鬆下來。月亮正好移動到頭頂上的枝葉縫隙間。皎潔的月光在重重疊疊的枝葉間移動著。遠處傳來狗叫聲。風規律地搖晃著枝葉，宛如波浪。那個名叫 itagaki suguru 的人難道是在提醒我注意嗎？進入夢鄉之前，上原思索著那封長信的內容。說是ＩＮＴＥＲＢＩＯ利用坂上小姐去控制別人。又問我現在人在何處。可是沒有任何人知道我在哪裡，何況確實的地點連我自己都不知道。那傢伙知道這個地方之後打算要幹什麼呢？那傢伙似乎是ＩＮＴＥＲＢＩＯ的一員，可是他們有好多個不同名字的人，搞不清楚哪個是哪個。如果那些傢伙得知我用金屬球棒攻擊父親，會有什麼表示呢？會讚美我嗎？上原想像著坂上美子來到這個雜木林和自己見面的場景。請問您住在這裡嗎？那個一臉嚴肅的女人會這樣問我吧，上原想著。那個女人想必會使用敬語。那是因為有人將我用金屬球棒毆打父親的事告訴她的緣故。那個女人一定會問我各種問題，諸如用金屬球棒重擊人的腦袋時手上的感覺、破掉的腦袋噴出來的東西之類的，而且，感覺上她一定會穿裙子來。如果那個女人在我目前躺著的這種小高丘上坐下，那如洞穴般攤開的裙子裡，一定可以看到裹著絲襪的大腿吧。

上原熟睡了幾個小時之後醒來。雖然全身肌肉痠痛也不以為意。聽得到多種不同的鳥鳴，還聞得到濕草的味道。睡袋裡夠暖和，頭蓋擋住了夜露。雖然視野中仍未見任何亮光，但是空氣已變得清澄，遠方山脈化為濃濃的影子逐漸出現在枝葉縫隙間。上原注意到在伸手可及之處有隻鳥。比斑鳩小一號，長長的尾巴。鳥兒輕盈地跳躍前進，不時用嘴翻開枯葉啄著地面。細長的虫在鳥嘴中扭動，眼看著就被吞進肚子裡去。鳥兒一面發出有如朝瓶口吹氣時那種低音的叫聲，一面跳到了上原的眼前。

晨曦射下來時，上原看到某種枯葉的背面一齊發出了光亮。葉子的背面有細細的銀色粒子，就是那反射了陽光。

爬上來的時候因為天色暗沒注意，周圍生長著高低參差的灌木。將睡袋捲起收進背包，喝了水，用濕巾擦臉並簡單刷過牙。開始往下走，很快就來到圍有鐵絲網的地方。覺得花了很久的時間才爬上坡頂，其實剛才的露營地就緊鄰著一條林道，白天只要花幾十秒就可以衝上來。一定是在雜木林裡白繞了許多路吧，上原心裡想。

決定找個有陽光的地方吃點東西。沿著林道往下，在路面略微變寬的地方遇見一名老人，坐在攜帶式椅子上。戴著毛線帽的矮小老人面前攤著素描簿，一見上原便開口道早安。老人的聲音非常沙啞，很難聽懂。這老傢伙昨晚是不是看過電視或今天早上看了報紙呢？上原保持著戒心，也很有禮貌地回道早安。應該以最自然的態度應對吧。或許父親已死，或許我已經成了警方的通緝犯。母親曾經從公寓打電話來叫我趕快去自首。當時母親身旁有警察嗎？曾聽說ＰＨＳ系統可以進行逆向追蹤。除了母親之外，沒有其他人知道自己有ＰＨＳ手機。難道母親已經把ＰＨＳ的事告訴警方了嗎？還是說警察正在調查我是否擁有ＰＨＳ呢？如果警方掌握了ＰＨＳ的登記號碼，是不是已經知道我在這個雜木林裡了呢？

左手抱著素描簿、右手揮動彩色鉛筆的老人對上原笑笑。上原懷疑老人可能是警方的人。如果這個老人是警方的人，我是不是也非得把他殺掉不可呢？和攻擊父親的時候不同，現在手上沒有武器。勉強可以充作武器的，說起來只有插在背包裡附腳架的紅外線望遠鏡，若用這個來攻擊，望遠鏡的部分會染上血跡吧？這副望遠鏡，是花了二十四萬圓買來偽裝成賞鳥客的，要是染上血汙的話就沒有辦法達到目的了。

老人讓上原看素描簿裡的畫。在一輪旭日中畫著一尊額頭淌血的佛像。佛像右手持劍，屠殺著鹿、猴子等動物。遭到剖腹的猴子五臟六腑外流，嚇得上原不由得叫了出來。老人還展示了其他各頁的畫作。有些是已經完成上色的作品，有的仍只是草稿。素描簿裡都畫滿了。構圖全都一樣，是佛像在晨曦中屠殺動物。有幾頁則是面無表情的佛像臉部占滿了畫面。佛像如同耶穌基督般被釘在十字架上，手腳都淌著血。

「這是地獄。」

老人這麼說。與其說聲音沙啞，不如說是無法正常發出聲音。上原懷疑他是否沒有聲帶。有個親戚因為癌症手術割掉了聲帶。那個人的聲音聽起來也一樣，不過聽起來似乎比較大聲。警方應該不會雇用聲音這麼奇怪的人吧。佛像屠殺動物的圖畫，為什麼得來雜木林中的路邊畫呢？知道第九嗎？老人問道。上原搖搖頭。對這個發音完全沒概念。是貝多芬的第九號，老人補充說明。那我就知道了，上原回答。因為退休，妻子又已過世，我加入了演唱第九號的合唱團體，可是又得了沒辦法講話的毛病，不得已只好退出，老人說道。因為句子被切成一段段的，非常耗時間。演唱第九號真是快樂。雖然正式練習演唱的時候會緊張，可是在整理盆栽時、打掃房間時，一面用德語唱著第九號的幾個小節，真的非常快樂。知道再也無法演唱第九號時我真想尋死，可是又在大家的鼓勵下開始作畫。至於為什麼要畫地獄，是因為那跟我比較合。雖然大家都說應該畫些更快樂的題材，可是快樂的題材會令我感到不安。

晨光照著老人的側臉。老人頭上的帽子上繡著像是鬱金香的花朵。深藍色的高領毛衣外面套著灰色的風衣，下身穿著肉色的登山褲，腳上是鞋帶已經散掉的運動鞋。坐的是交叉的鋼管繃著帆布的攜帶式椅子。大腿上放著自製的彩色鉛筆筆盒，利用那種經常用來裝巧克力或糖果的扁平空罐做成的筆盒。筆盒裡的彩色鉛筆枝枝都用得剩下很短。老人用拇指與食指捏著短短的彩色鉛筆一面畫著背部怪模怪樣的鹿，一面講著話。人活著必須要有足以自豪的事情才行，老人說。光靠食物與水，人其實並無法生存。自豪是很重要的，但更重要的是，不能夠將自豪之事告訴任何人。自豪只要默默放在自己心裡就好，絕對不應該大肆宣揚。我們這個世代歷經千辛萬苦留給年輕世代很多東西，這真的讓我感到相當自豪。雖然留下的也有不正經的東西，但我認為重要的東西也留下了。

據上原判斷，這個老人與警方沒有關係。道別之際，老人提醒上原別走進雜木林裡。

因為幾乎每個防空洞裡都棄置了戰爭時的毒氣，很危險，他這麼說。

寒暄完走出幾步後林道變窄進彎，隨即不見老人的身影。一旦看不見了，老人的存在立刻在上原心裡變得曖昧不清。只覺得老人已經消失了。又覺得老人打從一開始就不存在。鳥叫聲過吵也造成了影響，上原認為。許許多多不同種類的鳥類成群停在雜木林的山坡上、樹上和落葉上，見上原經過，便一齊發出尖銳的叫聲飛起。每次那有如慘叫的鳥叫聲響起，老人的存在就變得更曖昧不清了。停下腳步，從林木間的縫隙朝老人所在方向望去，可是沒看到。想從林道折回去確認一下。越往前走，心裡就越有種寂寞難耐的感覺，彷彿正逐漸遠離一個重要的人。發現自己竟然快流下眼淚，上原嚇了一跳。莫非那個老人就住在防空洞裡嗎？上原忽然間這麼想。另外還有個疑問，請喝可可亞的女人誤以為是上原的那號人物，難道就是這個老人嗎？

來到通往綠之工廠的石子路附近時，上原想著：不知道是否可以跟那個老人一起住在防空洞裡？剛才如果能多聊聊就好了。經常來這裡畫畫嗎？住在哪個防空洞裡呢？是怎麼認識那個女人的呢？是否參加了那女人用小銀幕放給我看的戰爭呢？或許應該問問諸如此類的問題才對。為什麼實際交談的時候沒有發現，或許那個老人對自己而言是個非常重要的人呢？為什麼到了現在才想到這麼重要的事情呢？因為打算從綠之工廠後面進入另一片雜木林，不會再遇見那個老人了。遇到了重要的人也沒發覺就又分離了，這種事情以前是否經常發生呢？坐在綠之工廠前的長椅上想著這件事，不禁流下淚來。上原邊流著淚，邊吃了茸之森巧克力和一個橘子，然後又吃了少許在戶外用品店買的卡路里代餐。

建築物後面接著雜木林，有條比林道還窄的小路通往小山丘。由於陽光照射不到，四處堆放的廢材都已經腐朽生苔，還長出了大大小小的蕈類。有個廢棄的簡易焚化爐，裡面還塞著幾捆報紙。外面被露水沾濕，用手指一摸全是褐色的鐵鏽。有間傾倒的組合式儲藏室，鎖壞了，門開著，不過裡面什麼也沒有。一根鐵棒靠在儲藏室旁，長約五、六十公分，看起來像是一種椿子。上原用背包的帶子將鐵棒和紅外線望遠鏡固定在一起。

上坡數十公尺後路便斷了。樹木比昨天晚上走的雜木林還要茂密，地面覆著柔軟的腐植土，不好走。看看時間還不到七點，於是決定直接攻上這片雜木林的最頂部。出發後沒多久呼吸就急促起來，但不覺得辛苦。剛開始的時候還覺得手臂與小腿痠痛，漸漸就沒感覺了。不過上原倒是有些在意弄髒的褲管。總得去買食物和飲水，如果穿著髒兮兮的衣褲，店裡的人很可能會起疑。

途中坡度變得很陡。腳踩著坡面，手抓著前方的樹枝或樹根往上爬。斜坡上的泥土被鞋底踏開後，可見各種虫子在動。還有些像是虫子的窩。虫窩裡密密麻麻的白色小粒，應該是卵。用腳尖一踩便流出果凍般的汁液，抬起腳還會牽出細絲。樹幹上也有許多沒見過的虫在爬。每次為了穩住身體，上原都壓死了一些虫。不知不覺間手掌便被樹幹上的青苔和壓爛的虫體液染成了深綠色。上原仰躺在山坡上稍事休息。枝葉重重疊疊，完全看不見天空。雖然幾乎是用盡全力攀爬陡峭異常的斜坡，卻不太覺得累。與其說體內充滿了力量，不如說像是某些部位的感覺痲痺了，不過，上原還是很單純地認為自己變強了而感到高興。剛開始不去上學的時候，甚至連起床都辦不到。彷彿全身的血液都被抽乾了似的。上原懷疑，是不是家裡的哪個人真的趁自己睡著時來抽血。昨夜剛抵達這片雜木林，身體還沒有餘力去分享心靈上的喜悅。滑倒時膝蓋撞到岩石，手掌被樹木刺傷，臉上沾著蜘蛛網，眼睛被彈過來的細枝打疼，但是上原卻享受著在沒有路的雜木林中爬坡的樂趣。雖然有些困難的地點一個小時只能攀登幾公尺，但他仍堅持以攻頂為目標，甚至忘記了要休息。

如果知道了地點，那個叫做 itagaki suguru 的男子難道打算來到這裡嗎？上原想到就覺得好笑。這裡又沒有門牌號碼，想到這裡不禁快笑出聲來，神經一放鬆，腳就踩了個空。急忙抓住眼前的樹枝穩住身體，手掌被劃破一處小傷。上原從不知道笑可以解除緊張。從小就很少笑，而且雙親也都是幾乎不笑的人，所以無法得知有關笑的事情。雖然在家裡誰也不會笑，但例如去附近的中國菜館時，全家人會忽然以哥哥為中心開始談笑。哥哥會以搞笑的方式講述學校的事情，明明就不太好笑，但全家還是會大笑。人到底在什麼狀況下會笑，他到現在都還搞不懂。不過，尋找防空洞的時候還是盡量不要笑才是。

山坡的起伏越來越大了。短暫的下坡之後又往更高處爬，如此不斷反覆。為了繞開越來越多的岩石，一會兒之後右側出現了陡峭的斷崖。下方幾公尺處有條小山澗。上原決定沿著懸崖前進。

全身冒汗。襯衫前後都貼在身上，汗水甚至還流進鞋子裡，連襪子都濕了。運動鞋沾滿了泥巴。不過完全沒有不舒服的感覺。有種形形色色的東西漸漸成為自己一部分的感覺。有種逐漸與雜木林同化的興奮感。只覺得自己的狀況就好像進入人體的共生虫一樣。上原的胸口劇烈起伏。喉嚨沙啞，每次呼吸都發出氣球漏氣似的聲音，不過並不感到疼痛或是難受。

若是能下去用清水洗洗身體和衣服就好了，上原邊走邊這麼盤算著。可不能一身邋遢進去戶外用品店。並不是覺得不好意思，而是會讓人起疑。千萬記得，去購買食物飲水和工具時穿著打扮要盡可能不惹人注意。山谷下面陰暗，從這裡看不清楚水質如何，不過那條小溪的水量應該夠清洗身體和衣服吧。晾乾衣服的時候可以鑽進睡袋裡，而且記得以前曾經在雜誌上看過，濕鞋子只要穿在腳上就會慢慢乾了。

每當來到可以看見下方林道之處，上原就會從林木的縫隙間尋找帶著素描簿作畫的老人身影，但可能方位不對而沒辦法看到。為什麼老人要提醒我別進雜木林呢？上原思索著。或許老人有戒心也不一定。老人並不知道我認識那個請喝可可亞的女人，也不知道我正要前往防空洞。我應該把這件事告訴他嗎？「除了你之外，還有其他人想要住在防空洞裡面」，難道我應該這麼告訴他嗎？

身體發熱。太陽穴的血管微微跳動著，彷彿配合這節拍似的，毫無脈絡可循的畫面與專有名詞在腦袋中閃爍。種種想像在上原心中交錯混合。網路上發表洞穴散文的人與素描簿的老人已經化為同一人物。寄來奇怪電子郵件的itagaki suguru與ＩＮＴＥＲＢＩＯ的渡邊也混合成一個人格。一切都並列在一起，變得要怎麼樣都無所謂了。那個叫坂上美子的女人與墨西哥祭司老嫗同化，可是容貌是美麗的。ＩＮＴＥＲＢＩＯ那些傢伙則只是一團訊號，沒有實體。而且，這些事情完全都已經無所謂了。上原認為，只要能夠進入防空洞，一切都會化為可能。因為，進入防空洞裡就會與共生虫同化。自己就會成為共生虫。共生虫，會侵入被設定滅絕的物種體內。自從透過網際網路將共生虫的情報傳達給坂上美子之後，周圍就染上了殺戮與破壞的色彩。防空洞遲早會成為一座宮殿吧，上原這麼認為。那座宮殿裡充滿了各式各樣的毒物。而我，將在毒物的環繞下統治那宮殿。除了家人與警察之外，其他訪客來者不拒。若是那個名叫坂上美子，眼角上吊的女人出現的話，我要花點時間跟她聊聊。首先就來談談用球棒打破腦袋時的情況吧。那個女人應該非常喜歡這種話題，這類刺激性的話題會讓那個女人聽得津津有味。頭蓋骨破裂時會發出什麼樣的聲音呢？腦漿會以什麼樣的角度飛濺呢？噴出來的腦漿又有什麼味道呢？坂上美子應該會穿著發亮的絲襪，充滿自信地伸出雙腿與我交談吧。有許多事情一定要和坂上美子說才行。請我喝可可亞的那女人的事情一定得說。還有那女人給我看的影片。在南國島嶼全身浴火而死的軍人的影片，不知道她看過沒有？長著成排椰子樹的沙灘上成群半遭掩埋的屍首、投崖的人們、船上的白衣軍人與護士，這些人的事情坂上美子應該都知道，或許可以一一向她請教吧。描繪地獄的老人的事也得跟她說才行。快樂的畫會令人感到不安，她聽過這種說法嗎？自豪固然很重要，但是更重要的是，不能夠將自豪之事告訴任何人，她聽過這種說法嗎？渾身是泥攀爬著陡坡，上原不斷想像著與坂上美子在防空洞裡談話的情景。

陡峭的山坡延續了約二十公尺。有一處幾乎是垂直的，一棵相當大的倒木擋住了去路。樹幹約有汽油桶那麼粗，毫無疑問是這一路所見最大的一棵樹。倒下的方向正好與坡面垂直，裸露的粗大樹根彷彿正往天空伸去。上原覺得樹根的造型很奇特，但又想不出到底哪裡奇特。不要繞路，直接抓著樹根爬上去或許比較好。抓住裸露的樹根往上爬的途中，終於知道那樹根哪裡奇特了。一根根的樹根都異常短，整體有如盆栽般呈平面狀。那奇特的扁平狀樹根，好像是珍奇的熱帶樹種，又像是科幻電影裡出現的外星人。上原抓著一根又一根的樹根往上爬。樹根上仍殘留著泥土，抓起來滑溜溜的。上原小心翼翼在樹根中前進以免滑倒，心裡一面想著，這棵樹可能才剛倒下沒多久。小時候，曾有一棵院子裡的松樹遭閃電劈裂，樹幹被縱剖開來。不過眼前這棵倒木的樹幹並沒有裂開。這棵樹為什麼會倒下呢？上原覺得很奇怪。自然課曾經上過，樹木隱藏在地底的根部，大小與全部的枝葉一樣。與枝葉部分相比，這棵樹的根短得不像話。

翻過倒木來到對面，上原不禁叫了出來。景色豁然開朗。上原正站在丘陵區的一處山頂。腳下狹長的岩盤一隆起，就形成一個小山丘。那棵倒木應該生長在這一帶吧，上原心想。岩盤四處隆起。就好像將整片巧克力從中折斷似的，岩盤應該是受到某種力量破壞而變成這種形狀，才將生長在上面的樹木推倒了吧。因為生長在岩盤上，樹根只能短短地伸向四周，無法擴展到足夠的長度。

上原卸下背包，打算在岩盤上坐下來喝些水。在石頭上坐下後，這才發覺非常疲憊。彷彿地面與空氣整個都在劇烈搖晃似的。手臂發抖，連從背包裡把水拿出來都辦不到。眼前剎那間一黑，感覺像是被拖進了另外一個不知名的所在。脖子以上有種很不舒服的感覺，腦袋裡好像塞了顆大石頭。心臟像是快從嘴裡跳出來一樣，彷彿心臟打算要離開上原的身體似的。手腳的肌肉微微顫抖，指尖發冷。想到主治的精神科醫生曾經談過的過勞死，上原開始害怕起來。若是過度疲勞而沒有注意的話，心臟就有可能突然停止跳動。醫生這麼說。胸口開始痙攣，上原這才注意到，跋涉來到這個岩盤之後都沒有好好喘口氣。想把空氣吸進來，可是全身陷入了恐慌，連嘴巴都打不開。必須鎮靜下來，必須吸氣，必須吐氣，必須喝水，必須讓手腳停止發抖。可是不知道從哪一項開始比較好。一閉上眼睛，自己的身體與外界都搖晃得厲害。閉上眼睛比較好，還是不要閉上眼睛比較好呢？不知道。曾聽醫生說過預防過勞死的方法。必須讓身體睡著才行，記得醫生曾這麼說過。想要發出聲音。喉嚨黏黏的，無法發出聲音來。想要發出聲音就必須喝水才行。可是手無法伸向背包。手因為發抖而無法動作。體表的汗水帶來了寒意。感覺前胸已貼著了後背，身體彷彿變成了一張紙似的。上原決定要吸氣。嘴唇已然僵硬，好像用瞬間膠黏起來一樣。鼻子一用力吸氣，太陽穴就一陣抽痛。輕輕吸進空氣。彷彿輕輕抓住眼前的一團空氣，然後裝進身體裡。感覺得到空氣滑進了喉嚨，彷彿通過的不是氣體，而是一塊濕滑的固體。心臟用力鼓動著，索求更大量的空氣。在那之前必須先吐氣，上原想到。必須把黏糊糊的嘴巴張開才行。舌頭在哪裡呢？不知道。嘴巴裡，感覺不到舌頭的存在。舌頭好像在上下的牙齒之間，但不能肯定。上原試著咬合牙齒。有點疼，可以感覺到舌頭的存在。張開嘴，把氣呼出。漸漸可以呼吸了。彷彿一扇遮住眼睛的厚重百葉窗逐漸打開，片刻之後手也停止了顫抖。手伸進背包裡摸索著保特瓶。取出之後，費了點功夫才打開瓶蓋。把保特瓶靠近嘴邊。剛開始水幾乎都灑掉了。上原舔舔沾在嘴唇周圍的水滴。水甜得令人難以置信。

水也灑到了岩盤上。部分泥土被水沖掉，露出了岩盤的表面。然而，那並非岩盤。是混凝土。上原尋找著那混凝土的裂縫。這個混凝土塊應該有裂縫才對。應該受到某種力量的作用，從中央折裂開來才對。撥開附著在表面的泥土，用鐵棒將樹拔掉。上原腳邊終於出現了一道裂縫。雖然黑暗看不清楚，但是內部似乎是個空洞。裂縫中仍留有鋼筋擋著。上原認為必須準備切斷那些扭曲的鋼筋的工具才行。

Uehara wrote:

>或許已經被我殺了也不一定。雖然不
>知道是不是共生虫的緣故，但可以確
>定是受到了什麼影響。真希望能夠收
>到坂上小姐的回信。這樣是不是太強
>人所難了？麻煩ＩＮＴＥＲＢＩＯ
>的諸位幫我轉告。網站上那些共生虫
>的相關文章都很艱澀，不太容易理解
>，雖然我不知道是不是已經弄懂了，
>但總之讀起來很有趣。

喂，上原，快回信啊。你人在哪裡，這點事我們一清二楚。你是用ＰＨＳ連線上網的沒錯吧。我們知道你是從哪裡發信的。你可不知道會有這種事吧。真是的，你簡直連猴子都不如啊。收到板垣卓那個垃圾人的信了吧（爆）。我們ＩＮＴＥＲＢＩＯ可是無所不知的喲。就連你的本名不是什麼上原我們也都知道。聽好，上原，你死定了。沒有第二條路。你以為板垣是救世主嗎？告訴你，那傢伙是最惡劣的了（笑）。很好笑吧。那傢伙是不是在信中寫到〈我會幫助你的〉？笑死人了。你不知道那傢伙是個什麼玩意兒吧。告訴你，他是個會讓你嚇到脫糞的超有名音樂家。聽到板垣的本名，真的，連我們都會屁滾尿流。板垣那傢伙，可是會把裸女綁在保時捷上，開到首都高速公路收費站向那些老頭炫耀取樂的喲。還會飼養女人。知道嗎？用項圈拴著女人，養在籠子裡。不過，女人可是喜歡得很哪（爆）。專門打手槍的上原君可不知道有這樣的世界吧（笑）。喂，上原你老實說，上個月二十三號的晚上，你有打手槍對吧（爆）？已經被我們用數位相機拍下來嘍。因為我們有這方面的專家。你的臭小＊二的照片，會被丟到網路上喲（爆）。聽好，我們可是言出必行的，奉勸你還是趕快聯絡吧。仔細說清楚現在人在哪裡。這樣還有機會阻止那丟臉的照片流傳出去喔。知道嗎，其實我們是很喜歡你的喲（汗）。你的留言可一點也不無厘頭。我是指共生虫的事。很夠味喔。我們試著和你交朋友，陪你討論，ＩＮＴＥＲＢＩＯ的隱藏網頁也告訴你了對吧。就老實告訴我們吧，嗯？拜託嘍。你在哪裡的山區呢？不論是ＮＴＴ或是你的連線伺服器那邊，都有我們的人，想逃？辦不到。已經在山上殺了人嗎？你這個人命中注定就是個會殺人的人。而且是個會大量殺人的怪物。我們不得不對你表示尊敬。老實說，真的好想親眼目睹那一刻。我們都這麼說了，就秀一下吧。在你目前所在的山中殺個人吧。什麼人都好。挑個老太婆或是老頭子也不錯。你相信嗎？再過個二十年，這個世界就會滿是那些老傢伙了（爆）。很討厭吧。想死，還是想殺人呢？太棒了。連猴子都不如的上原一定不知道，這個世界上，有種被選定的人。這種人不論做什麼都可以。大家快快樂樂一起去殺人。在阿爾巴尼亞、立陶宛或是安哥拉，都有那種殺人旅遊團。一個人一億圓。這可不是漫畫故事喔。你也是那種被選上的人。因為有紀錄可查。殺了人之後，就砍成一塊塊的吧。我們會用攝影機拍下來喲。還有四十八個小時，快去殺人！還有就是記得聯絡。要守時喔。你是個守時的人吧（爆）。若是不遵照這個指示，我們馬上就會動身前往你所在的山區。我們知道你是在哪裡的電話亭使用PHS的，自然會找過去。大家一起過去，也會找坂上小姐去。然後扒光你的衣服，在你的小＊二上通電讓你手舞足蹈。知道了嗎？就像法國空降部隊在阿爾及利亞所做的那種美妙拷問。然後把你那個模樣製作成影片丟上網路。我再說一遍，四十八小時之內快去殺人，否則死的就是你。還有，見信立刻聯絡。以上。

上原在混凝土上找到裂縫後，先在雜木林中四處做上記號，然後去用清水洗淨身體、衣物與鞋子。等衣服乾了之後，決定去採購必需品。首先在瑞窪車站前買份報紙。日報已經沒了，把晚報所有角落看過一遍，並沒有上原的新聞。去園藝、木工店，買了能鋸斷金屬的鋸子以及更換的鋸片。然後去戶外用品店購買固態燃料、攜帶的食物、換洗的褲子與襯衫、備份飲水、小鏟子，以及登山用的繩索。

然後，在車站前人來人往最頻繁的一家露天咖啡廳，上原讀了這封信。

9

這封郵件發信人的代號kkk。似乎有人非常討厭我，上原心裡想。最早寄信給我的人代號是RNA。接著出現的是渡邊，他告訴我INTERBIO的隱藏網站。在那個祕密網站上發表共生虫相關文章的，有蘭格漢斯、VX毒氣，以及薩爾瓦多之顱等人。然後昨天晚上收到一封警告信，提醒我INTERBIO是個危險組織。是一個叫板垣卓的人寄來的。RNA、渡邊、板垣卓、kkk的郵件信箱，前面分別是rna、t-nabe、I-sugura、kkk-love，@後面的郵件伺服器名稱則全都一模一樣，是interbio.ne.jp。最早是寄信給RNA，回信的卻是渡邊。後來，我用金屬球棒攻擊父親又進入野山南的雜木林，夜裡卻突然接到板垣卓的電子郵件。雖然沒理會那封信，但是這回又有個kkk寄了信來。

這個季節的陽光溫暖，露天咖啡廳座無虛席。繪有Mademoiselle店名的遮陽棚斜遮在屋簷前，四處擺設著箱型的盆栽，女服務生身穿白色制服綁著紅圍巾。上原點了咖啡歐蕾與雞蛋三明治。菜單以日文與法文書寫，還繪有艾菲爾鐵塔與凱旋門的插圖。在雛菊與大波斯菊盆栽的那頭，出入車站的人們來來往往。

瑞窪車站南口規劃成一個扇形圓環，上原所在的咖啡廳位於其中一邊的角落上。這裡正好位於舊商店街與新開發的車站大廈的交接處，對面的小鋼珠店傳來嘈雜的音樂，隔壁速食店的幾名店員不斷大聲促銷著新產品。有草莓派、藍莓派，以及奇異果派。幾個高中生靠在路邊護欄上，或喝著罐裝啤酒或在抽菸。還有高中生在用PHS手機聊著。

在鄰近道路的位子上，上原打開筆記型電腦讀過kkk的來信。感覺自己已融入了風景之中。與隱居的時候相比，上原覺得一切能夠想像得到的事物都包含在這片風景之中。眼前的桌子上有空了的咖啡杯與吃剩的三明治麵包。白色杯子上印著紅色草體字的店名，留在盤子裡的香菜看起來像是片小森林。隔壁桌有對中年男女在吃義大利麵。加在麵裡的膚色乳酪，讓人聯想到雜木林樹幹上的大片苔蘚。中年夫婦剛才偷瞄了一下上原的電腦螢幕。年輕人就是喜歡各種新奇的玩意兒，女人說。正用叉子將義大利麵往嘴裡送的男子點點頭。從遮陽棚透過來的陽光照在格子花紋的桌巾上，反射在客人臉上形成了奇妙的光影。擺放在各桌間的盆栽散發出植物的氣味。在雜木林裡一直都可以聞到這種味道，上原心想。在山澗用清水洗淨衣物鞋子，趁晾乾的時候，自己順便在植物味道的包圍下曬曬太陽，濕冷的身體逐漸暖和起來。望著各種鳥兒飛過來飲水。

大批人潮被吸入車站大廈中。車站大廈的外觀為奶油色，隔壁銀行的外牆是灰色的，兩棟大樓簡直就像是大寺院般聳立著。黃色與橘色的公車來來往往，銀色車頂的計程車一輛接著一輛，小鋼珠店綠色與藍色的霓虹燈閃爍著。速食店的大門設計成拱形，公車是方正的長方體，計程車車身上的標誌則是橢圓形的。圓環的入口處附近有個年輕女孩在分發宣傳用面紙。女孩穿著高跟鞋，看起來似乎在向路人推銷某家店。

我以前在害怕些什麼呢？上原思索著。是因為某種恐懼而無法外出嗎？要和母親同上醫院的時候，一套上外套就覺得心跳加速，胸口好像被緊緊箍住一樣。與母親進醫院餐廳的時候或是獨自去便利商店時，感覺就好像要被周圍的空氣擠碎似的。空氣看起來就像是條沈甸甸的棉被壓在自己身上。進入房間、餐廳或是店裡的那一瞬間就開始想要逃走，那到底是在恐懼些什麼呢？面對ＩＮＴＥＲＢＩＯ也一樣。最早，收到ＲＮＡ的電子郵件時，因為覺得被監視而膽戰心驚，曾經一陣子不敢上網。要點選留言板的留言圖示以及電子郵件的傳送圖示時，更是緊張得好像心臟都在抽痛。

總覺得ｋｋｋ這號人物很討厭我，而板垣卓這個人也不能完全相信，上原這麼認為。這兩個人對上原的態度正好完全相反，不過有個共同點，就是都想要知道上原人在何處。曾經寄信告知渡邊自己用金屬球棒毆打近親。我發的信他們似乎全都看過。也許他們四個其實是同一人也不一定。他們都想要知道我人在何處，這究竟是怎麼回事呢？ｋｋｋ在信上說知道我在山裡。是利用ＰＨＳ天線追蹤的嗎？那傢伙怎麼會知道我的ＰＨＳ號碼呢？曾經聽說過，ＰＨＳ系統的基地台很容易就可以追蹤出來，可是那也得先知道我的手機號碼才行。所以，那些傢伙什麼都知道。知識豐富。

ｋｋｋ還說用數位相機拍下了我打手槍的鏡頭。上原的住處位於二樓，臥室窗戶通常連防雨窗都關著，廚房窗戶用的也是毛玻璃。從外面用數位相機拍攝應該辦不到，可是也並非不可能。如果有內應的話就又另當別論了。搞不好為了監視而安裝了數位相機也不一定，上原思索著。是母親。如果是那女人，說不定真的會做出這種事，若依照這個假設，母親就應該與ＩＮＴＥＲＢＩＯ有關係。然而母親並不會使用電腦，而且那女人應該也不會坐視自己的丈夫遭到金屬球棒攻擊才對。不過，那女人還是有嫌疑。自從我出生之後，那女人就一直在監視我。這麼說來，當我因為想看坂上美子的網站而要買電腦時，她才會立刻照辦。當時那個女人對我說，只要有興趣，不論是什麼都好。說不定從那個時候開始，她就和ＩＮＴＥＲＢＩＯ那些傢伙搭上線了也不一定。

「還用嗎？」

聞言抬起頭，只見女服務生的紅圍巾隨風飄動。不了，上原回答。還要點別的飲料嗎？女服務生問。白皙的手拿起空盤與杯子，放在托盤上。女服務生的手臂上長著汗毛，在透過遮陽棚照下的光線中發亮。請給我咖啡，上原說。請稍待一會兒，女服務生面露微笑。這樣的對話非常平順自然。就如同那雜木林裡狹窄山澗的清流，上原心想。平順的對答，就好像在日光下閃閃發光，如生物般從岩石與樹木間滑過的那一道清流。

在戶外用品店對話的情況也很類似。昨天推薦附腳架的紅外線望遠鏡的店員不在，但是另一個店員很親切地為上原服務。負責的是個圓臉、頭髮束在後面的矮個子女店員，可以感覺出她很自然地將上原視為顧客。雖然襯衫和鞋子上仍沾著泥，但因為剛洗過，並沒有異味，而且上原身上還帶著一種森林的香味。從表情和動作也可以看出，女店員並沒有嫌惡上原。

「讓您久等了。」

冒著熱氣的咖啡送到了眼前。咖啡的熱氣搖擺著往上飄，然後混入遮陽棚下的光線中消失了。這個世界上，是否存在著眼睛所無法看到的重要通道呢？上原思考著。有什麼眼睛看不到的東西在流動著。即使在那片雜木林中，也不是到處都有清水流過。水流經之處，受限於地面的傾斜度、周圍的樹種與生長情況等條件，自己那樣到處亂轉也只遇到一處清流而已。同樣的，人與人間，建築物與建築物間，人與建築物間，也都有流著什麼東西的地方，而找不到那種地方的人，以及對那種地方一無所知的人，不就處於不利嗎？因為不明白他人或事物的流向，就會覺得應對進退很痛苦，上原這麼認為。

露天咖啡廳收銀櫃檯旁的牆壁上貼著警方的通緝犯海報。已逮捕歸案者，臉部貼著「感謝市民合作」的貼紙。通緝犯的模樣都好像預防蛀牙漫畫中經常出現的惡魔，大頭照旁記載著特徵。下巴旁邊有道兩、三公分的疤痕。鼻翼上有顆紅豆大的痣。右耳變形，麻臉。O形腿，身高非常高。毛髮濃密，微胖，齙牙。鼻子有眼鏡壓痕。頭髮自然鬈，略有拖著條腿走的習慣。右眉缺了一角。斜視，裝置人工聲帶，講話聲音像機器人。是在地下鐵放毒的那些傢伙，上原心想。那些傢伙把流動僅僅限定在自己的集團裡。他們無法注意到壯觀的世界之流，例如這個車站。

坐在 Mademoiselle 的座位上，上原眺望著有如大寺院的站前風景好一會兒。只覺得自己發現了將世界上的人類、生物、建築物，以及其他附屬品連結在一起的流，並且加入其中。只要能夠發現那種流並且進入其中，與他人的應對往來就會變得快樂無比。而且，能夠掌握這種流的人並不多。請喝可可亞並播放戰爭影片給我看的那女人，把那種流視為自己的東西。所以，我是受到了那個女人的牽引。住在防空洞裡，被那女人誤認是我的男人，應該也知道世界的流動才對。應該有非常多的人因為對那流毫無所知而苦惱吧。如果我沒有碰到那條清澈的小山澗，一定也不會注意到吧。會注意到的人應該是少之又少。而我自己的情況，想必是受共生虫之助。

公車駛進圓環，有幾名乘客下車。上原覺得他們是朝聖者。一名男子將夾在腋下的報紙扔進垃圾桶。垃圾桶已滿，報紙掉到了路上。一名老婦把那報紙撿起，再度往垃圾桶裡塞。抽著菸走向車站的人們所製造的灰煙朝天空飄去。在上原看來，那就好像大寺院的廣場必定會有的灰色鴿群一樣。無數朝聖客不斷湧向大寺院。沒有任何人注意到流，也不想去注意。即使是ＩＮＴＥＲＢＩＯ那些傢伙也都沒注意到。說不定在我的房間安裝監視攝影機的其實是那個女人。不過她並不知道流的事情。所謂流，就好像眼前這片風景中往天空飄去的煙一樣。灰色的煙也證明了這個地方其實是座大寺院。那煙應該會逐漸變淡，最後幻化為在天空飛舞的鴿群才對。來到大寺院將自己的心臟獻給神的眾朝聖客。大寺院裡的數百名祭司老嫗正在做準備，要將朝聖客的心臟取出來。他們什麼也不知道。

ＩＮＴＥＲＢＩＯ的那些傢伙一定是在怕我。他們已經開始後悔告訴我共生虫的事情了吧。說不定ＲＮＡ、渡邊、板垣卓以及ｋｋｋ其實是同一個人。ｋｋｋ在信中表示知道我在山裡。簡直是胡說八道。那個防空洞的所在之處是雜木林，並非山裡。是丘陵區而非山區。如果已知我人在何處，又何必三番兩次要我說出自己在哪裡。說用數位相機拍到我打手槍也是胡扯。那些傢伙到底打算對我做出什麼事呢？他們還不知道我已經發現流這回事了。說不定他們打算殺掉我，總而言之，我已經擬了他們的事。大批朝聖客走過。有的朝聖客正在排隊等公車。他們總是走著，總是在排隊等候。我才不要坐以待斃呢，上原心想。我要埋伏起來把那些傢伙殺掉，上原這麼決定後，開始寫信給ｋｋｋ。

ＩＮＴＥＲＢＩＯ的諸位，我是上原。稍微再等一下，我就可以向各位報告自己身在何處了。到時候，請大家一起過來玩。如果可能的話，也請坂上小姐一起來。ｋｋｋ認為我應該在山裡面，可惜猜錯了。這裡並不在山上。目前我的所在位置，是一家法式咖啡廳。我在這裡吃了雞蛋三明治，喝了咖啡歐蕾。非常可口。期待能夠和大家見個面。

寫到這裡，上原又改變了心意，覺得發給ＩＮＴＥＲＢＩＯ所有成員似乎不妥。不能夠讓那些傢伙有所防備。想到這裡又將寫好的信刪除，把收信人設定成渡邊，重新寫過。

渡邊兄你好，我是上原。我收到了板垣卓與ｋｋｋ兩位的電子郵件，內容分別如下。

>上原兄你好，敝姓板垣，板垣卓。ita
>gaki suguru。我在前橋，是牙科醫生。
>希望你能夠收到這封信。坂上美子小
>姐並不會寫信給你。寄胡說八道的電
>子信給你、虛構出〈共生虫〉之類的
>情報，所謂的ＩＮＴＥＲＢＩＯ，
>是網路社會所產生的最惡劣妄為的傢
>伙。

>喂，上原，快回信啊。我們知道你在
>哪裡。你是用ＰＨＳ連線上網的沒錯
>吧。我們知道你在哪裡上線的。你可
>不知道會有這種事吧。真是的，簡直
>連猴子都不如啊。收到板垣卓那個垃

>圾男的信了吧（爆）。我們INTER
>BIO可是無所不知的喲。就連你的
>本名不是上原，這件事我們也都知道。
>聽好，上原，你死定了。沒有第二條路。
>你以為板垣是救世主嗎？告訴你，那
>傢伙是最惡劣的了（笑）。

（中略）

>也會找坂上小姐去。然後扒光你的衣
>服，在你的小＊二上通電讓你手舞足
>蹈。知道了嗎？就像法國空降部隊在
>阿爾及利亞所做的那種美妙拷問。然
>後把你那個模樣製作成動畫丟上網路
>。我再說一遍，四十八小時之內快去
>殺人，否則死的就是你。還有，見信
>立刻聯絡。以上。

這兩封電子郵件到底是怎麼回事，令我一頭霧水。難道我做錯了什麼事情嗎？之所以會收到這兩封信，是因為告訴了渡邊兄我用金屬球棒攻擊了認識的人。我並不是懷疑渡邊兄又把信給了別人看什麼的。畢竟INTERBIO裡應該有各式各樣的人，而且我也已經收到好幾位的電子郵件了。這種事情我並不介意。只不過內容的差異實在太大，讓我嚇了一跳。兩封信可以看出一個共同點，就是有人對我有惡意。我並不習慣面對他人的惡意，實在是非常吃驚。事實上，我目前人在市中心。用金屬球棒攻擊熟人這件事，我並不在意。那傢伙挨揍是理所當然的事情，雖然看到頭破血流的場面我有些膽怯，但後來就不會了。不過，我認為警方遲早會知道，所以沒回公寓去。我在上一封信中表示要前往某個地方，而且正準備動身。就在那個時候，突然收到那兩封信，讓我非常吃驚，直到現在心臟都還在怦怦怦跳。因為不知道惹火了什麼人而感到很惶恐。所以，如今除了渡邊兄之外，我沒有辦法再相信其他任何人了。因為渡邊兄經常對我表示關心。雖然我一直猶豫是否要寄出這封信，最後還是決定寄出。尤其是kkk，他的信裡面寫了非常可怕的事情，害我到現在都還在發抖。那個人說的話是真的嗎？我該怎麼做才能夠得到原諒呢？總之我是緊張得不得了。渡邊兄認識kkk兄或是板垣卓兄嗎？經過各種考慮之後，我認為自己大概是做了什麼得罪ＩＮＴＥＲＢＩＯ成員的事情。除此之外想不出其他答案。雖然並不知道究竟是什麼事，但我很肯定是惹什麼人不高興或是生氣了。根據判斷，一定是我擅自胡亂談論共生虫的事情而且採取行動所惹出來的吧。我想向被自己惹怒的人賠罪，可是只用電子郵件道歉的話，想必無法讓他們滿意。我正打算進入山中，去殺人。事實上，我今天就遇到一個完美的目標。對方是個老人，一個畫家。作品非常恐怖。據本人表示畫的是地獄。我們是在膠囊旅館認識的。聽他說經常會到山裡去。我還沒打聽是哪裡的山上。因為我覺得追問這種事情會令他起疑。老人並不喜歡和別人交談。膠囊旅館裡住著許多怪人，大家幾乎都不說話。有個老婦人一直嘟嘟囔囔地自言自語。她自己提出問題，然後又自己回答。我懷疑她是不是發瘋了。因為她一直在喃喃自問自答，沒辦法和別人交談。那作畫的老人，是在膠囊旅館旁邊的公園裡遇到的。時間是清晨。我因為睡不著走出旅館散步，在那附近遇見了老人。好像在旅館大廳還是哪裡見過，想打招呼卻又怕被認為輕浮，所以我沒採取主動。倒是對方先開口了。早啊，他說。於是我也跟著打招呼，您早啊。他戴著繡了一朵鬱金香的毛線帽。似乎是個窮人。他畫著鹿及猿猴等動物，並表示幾天後將會去山裡寫生。他是個孤獨的人，討厭與人打交道，但不知為什麼看我順眼。想必是因為我沒有輕浮地去搭訕的緣故。決定好哪天和老人一同上山之後，我會再聯絡。我一定會把那個老人殺掉的。因為我記得，在用金屬球棒毆打熟人時也有類似的預感。如果我殺了人的話，ｋｋｋ兄是否會原諒我呢？即使是現在，我都能夠感覺到共生虫在我的身體裡活動。在血管裡活動著。除此之外，我還有一個願望。能不能找坂上小姐一起來呢？坂上小姐是個大忙人，想必行程也排得很滿，但是如果可能的話，我希望能夠在動手殺掉老人的那天與她相見。我想，大概四、五天之後就可以告知地點了。因為我必須先和那老人上山一趟確認地點，然後再與渡邊兄聯絡。第二次和老人一起上山的時候，大概就會下手了。

那麼，請靜候我的通知。

反覆檢查文章脈絡與措辭用語好幾遍之後，上原點選了發信的圖示。

黃昏時分，穿過人群往雜木林走去。不論是車站前擁擠的人潮中、有河流的大樓街、公園入口的停車場，或是地形起伏和緩的公園裡，上原都能夠看見流。那就像是不斷蜿蜒延伸的圓筒狀膠囊，而且整個染上了一層橘紅色。在上原看來，就好像一長列連接到地平線彼方的巨大圓筒形列車似的。記得小學的時候曾經看過一部卡通片，裡面就出現了類似這種圓筒形列車的交通工具。那是銀河鐵道。在電影院看的。兒時的上原想要搭乘銀幕上的列車，可是人家卻告訴他，那是放映機打出來的光影，並不是真的列車。還說如果去摸，也只有光照在手上而已。

上原覺得，圓筒形的流一定也和當時動畫裡的列車一樣，是由光構成的。流的寬度，在某些地方比人體還細，來到另一個地方，卻又粗到足以將整棟大樓都包住。像是條具有生命的帶子。除了上原之外，沒有任何人發現那條如生物般的帶子。人們無意識地在其中進進出出。可是上原發現，有很多人好像特地避開似的，絕對不會走進那道流裡面。那些人都有個共同點。那些人有男有女，有老有少，彷彿都受到別人的操控，並不是靠自己的意識走著。他們或背著背包、書包，或拿著皮包、行動電話、百貨公司的購物袋，一接近光帶就自動改變了行進路線。上原前方不遠處有個小學生，邊走邊不時向後看，好像後面有人追著似的。背著紅書包頭戴黃帽子還戴著眼鏡。穿著褲裝，臉有些浮腫，看不出來是男是女。小學生每次向後看，身體就跟著三百六十度轉一圈。那個小學生旁邊是個染了髮的年輕女子。女子在路上蛇行，提著的購物袋露出一把菠菜。以一定的間距左右變換行進路線。步幅與左右腳踩出的頻率大致固定，步行方式就像鐘擺一樣。即使就快要撞到對向的行人也不避讓。那並不是在走路，而是被某人用意志控制著送往某處。一名穿著外套的中年男性走過，超越那個染髮女子。男人右手拿著行動電話貼在耳邊，左手拿著褐色的皮公事包。他為了講電話而脖子前傾。不論步行速度有多快，脖子傾斜的角度都沒有改變。沒錯。沒錯。我說的就那件事。講電話的聲音迅速向周圍擴散消失。中年男子的速度快到外套下襬隨風飄，但不知是不是電話聲音聽不清楚，會規律地停下腳步。這些人絕對不會進入光帶中。

穿過停車場進入公園之後，光帶看起來變得更清楚了。那並不是靜止的，而是像蛇一樣移動著，可以朝任何方向改變行進路線。有時會全體向前進，有時也會往後退。有時會如同滑行般在地面或草上左右挪動位置，而且帶子的粗細也時時變化著。上原心想：不知道還未曾親眼目睹的極光是否就像這個樣子？小時候在書上看過，極光是狗的化身，北地的人一吹口哨就會回應。進入雜木林之前，上原試著吹了吹口哨。光帶好像在回應似的，在公園的草地上緩緩朝上原滑近了一些。

10

穿過公園踏進雜木林，一種回到懷念之處的感覺油然而生。走在無鋪裝的林間道上，上原愉快地聽著鞋底的橡膠與細砂石摩擦的聲音。各種鳥叫聲在上空移動。今天下午在山澗旁洗過襯衫和鞋子等著晾乾時一直看著飛來喝水的鳥類，好像已能夠分辨雜木林中的鳥類了。大致可以分為兩類，一是雀類，另一是鴿類。長著尖尖橘紅色冠羽的鳥。全身顏色暗沉帶有斑點，脖子細長，跟鴿子一個樣子的鳥。嘴巴折曲，紅眼圈的黃鳥。脖子部分的羽毛有濕潤光澤的長尾鳥。聽著移動的叫聲，上原就可以想出那是哪一種鳥。

四下沒有人氣。雖然以一定的步伐走著，卻很自然地不發出聲音來。留意著腳邊，專注地向前走。這個時間進入雜木林往上爬，可不能被別人發現。太陽就快下山了。已到了來健行與野餐的遊客離開雜木林和公園的時刻。觀察過車站前咖啡廳、公園裡，或是商店街上的人就會知道，只要與那些被操控的人以同樣方式行動，自己的外在就不會顯得引人注目。不知光帶存在的人只會成群結隊走路談話，個人一點也不起眼。他們並不是獨立的個體，不過是存在或消滅都不會有影響的一個個零件罷了。因此只要混入他們之中以同樣模式行動，就不會有人知道我有共生虫做依靠，是個可以殺人、進行破壞的人選。

斜照的夕陽被茂密的林木遮住，整片雜木林均勻地覆上了一層陰影。就好像回到空無一人的昏暗家中一樣，上原心想。然而，這片雜木林裡並沒有表示回到家的門鈴，也不必從院子的盆景下面找出鑰匙。小時候放學回家，只要看到屋裡昏暗就覺得很安心。因為可以確定家裡沒有任何人。放學回家時，總是希望家裡不要有人。雖然父親去上班，但母親基本上都在家。有時候哥哥或妹妹會先到家。高高興興快快樂樂地回家，這種情況一次也沒有。當然學校也很討厭。一踏進學校立刻就想逃往別處。放學雖然也是件快樂的事，可是唯一的去處就是回自己家，又令他憂鬱。有個經常談話的同學，但是關係說不上特別親密。也想不出那個同學的長相。離家越近心情就越沉重，腳步都盡量放慢。只有放學途中的風景仍有清晰的記憶。離開學校沿著西武新宿線的鐵軌走，穿過平交道後會經過一個小變電所，經常望著被風吹動的高架電線。古舊的木造郵局前有個圓形郵筒，夏季炎熱的日子裡，紅色油漆好像眼看著就要融化流到馬路上去似的。走過種植梨子的農家旁之後就進入了住宅街。螞蟻在藏大門鑰匙的盆栽下做了窩。盆栽種的是哪種植物已經不記得了。印象中會開粉紅色的花，但不能肯定。葉子約巴掌大，背面透出白色的葉脈。如果有人在家，盆景下面就不會有鑰匙。母親大半都在家。打開玄關門，屋裡明亮，還可聽到電視或講電話的聲音。搬開花盆時上原總是在心裡祈禱，希望下面有鑰匙。沒有鑰匙的情況占壓倒性多數。知道母親在家之後，上原經常會望著花盆底下的螞蟻窩好一會兒。別處很少見的茶色小螞蟻。眼睛長時間追逐著螞蟻爬動，有時會瞬間看到平假名字母出現。數百、數千隻螞蟻不規則的動作，曾經看到過排出了い這個字，ラ這個字，以及ん這個字。小學時的上原長時間看著花盆底下，等待螞蟻們再次排列出い這個字。

來到綠之工廠，夕照完全被阻絕。兩層樓的組合式建築物成了黑影，周圍的密林在公共電話的玻璃上映出複雜的花紋，上原覺得很美。昨夜翻過前方的鐵絲網，在左側山腰的林中攤開睡袋，但是混凝土裂縫所在的岩盤位於建築物後面山坡的頂部。上原決定在岩盤附近另找一處睡覺的地方。

就和ＩＮＴＥＲＢＩＯ的成員約在這個公共電話前面碰頭吧，上原心想。不但與大批野餐遊客所在的公園距離夠遠，進入雜木林之後也找不到其他可當參考目標的建築物了。自己要在這個地方將ＩＮＴＥＲＢＩＯ那些傢伙殺死，上原心想。他們會有多少人過來呢？ＲＮＡ、渡邊、板垣卓、ｋｋｋ，只看代號的話有四個人，可是他們或許是同一個人，人數也有可能會超過四個。不過上原卻很清楚地知道，自己將會殺了他們。右手仍殘留著用金屬球棒打碎人類下顎與腦袋的觸感。人的下顎與腦袋比想像中要軟。只要手上有工具，就可以輕易將之毀壞。那些傢伙不會想到會遭受攻擊，上原心想。他們一定以為我會恐懼、求助。坂上美子會和那些傢伙一同前來嗎？上原想像著如果坂上美子來到的情形。那個新聞主播會戴著太陽眼鏡來吧。畢竟在穿過公園等等狀況時，如果讓大家認出來是電視上的名人可就麻煩了。那個女人上電視的時候總是穿著顏色鮮豔的套裝。她總是坐在好像吧檯一樣的桌子後面，看不到腳，但記得她穿的是低跟的皮鞋。因為判斷來到這裡時會不好走，應該不會穿著皮鞋才對。或許會穿著運動鞋來也不一定，上面有紅色或黃色線條那種的網球鞋。如果穿原來那種鞋，說不定會弄髒喔，兩人邊聊邊爬上山坡，然後從混凝土裂縫鑽進防空洞裡，開始談起各種話題，上原這麼想像著。

山坡已陷入黑暗之中，但眼睛很快就適應了。上原戴著在戶外用品店購買的手套。手掌部分有止滑橡皮顆粒的粗布手套。背包雖然變得比上午重，幸好身體剛好還可以在茂密的樹林裡穿梭。上午走過的路出現在眼前。上原發覺，只要順著走過的痕跡前進就簡單了。周遭的樹木看起來都很眼熟，向上爬時抓過的樹枝的位置也都記得很清楚。有種身體能夠掌握山丘整體起伏的感覺。因為腳尖會下意識地自動避開絆腳的石頭以及容易滑倒的腐植土，好像閉著眼睛都可以繼續前進。

冰冷岩石的觸感透過了手套。繞過岩石的途中，流水聲夾雜在鳥叫虫鳴之間傳了過來。上原決定走到斷崖邊，眺望一下日間清洗襯衫與鞋子的山谷。谷壁分為光與影兩側，中間那道細細的曲線映著當空的明月，發出銀色的光輝。

上原在幾乎垂直聳立的岩盤腳下卸下背包，準備鋪睡袋。一來在黑暗中攀爬那棵露出觸手般樹根的倒木很危險，二來判斷岩盤上的踏腳處並不穩定。數度檢查確認周遭被樹根與密林遮擋住之後，打開手電筒找出一塊最平坦的地點。撿開石頭與樹枝，先鋪上隔熱墊。攤開睡袋，用鞋子當枕頭，然後鑽進睡袋裡。

頭頂被濃密的枝葉遮擋著。躺在羽毛睡袋裡，身體很快就暖和起來。這才想起，好幾天都沒有服用安眠藥了。入睡之前，上原想像著與坂上美子談話的自己。接著又想到，為了坂上美子，也許防空洞應該布置得稍微舒適些。來此之前提領的一百萬圓用了還不到一半。或許，至少應該為坂上美子準備一張椅子。以前電視上曾經介紹過一位製作手工椅子的工匠。他住在長野還是山梨的一處山麓，基於要讓人類有更自然坐姿的概念製作椅子。據說製作一把椅子的時間竟然超過一個月。想必坂上美子會喜歡那種椅子吧。

天色未明上原就醒了。睜開眼睛時仍完全看不見東西，一時之間還弄不清楚自己已經醒了。或許是天陰的緣故，入睡前頭頂上的枝葉剪影已經看不到了。醒來前夢到了小馬。友人來公寓造訪，兩人用餐聊天，但是心裡一直覺得納悶，自己明明沒有朋友，為什麼會把這個男人視為朋友一同聊天呢？男人告別的時候，送上了用紙袋裝著的禮品。裡面是一匹活生生的小馬。因為我就是這麼喜歡賽馬，那男子說。小馬乖乖地待在紙袋裡面。

上原將左手從睡袋裡抽出看看手錶，還不到四點。外面的空氣非常冷。聽不到鳥叫或是虫鳴。接觸到外面空氣的只有臉的一部分與左手而已。剎那間不禁有種奇妙的感覺，好像自己與周遭的樹木同化了。睡袋裡的身體是鑽進地底的根，為了看時間而抽出來的左臂則是樹幹與樹枝。和緩的微風從山腳吹來，可以感覺到周圍的枝葉在搖晃著。上原也用左手去感覺那微風。這種化為一體的感覺並不會讓他不快。

天際漸漸泛白，上原開始準備往岩盤上爬。迅速穿好厚毛風衣。卡路里代餐盡可能細嚼慢嚥。上原昨天才知道，只要細嚼慢嚥進食，身體就會暖和起來。坐在綠之工廠的長椅上吃著茸之森巧克力的時候發現了這件事。

從背包裡取出筆記型電腦用睡衣裹好，輕輕塞進睡袋裡。將替換的襯衫與長褲、紅外線望遠鏡、預備的水與乾麵包等食物、固態燃料等等都放進睡袋，把睡袋小心摺疊起來藏在岩石間的隱密處。然後將金屬鋸與替換的鋸條、繩索、瑞士刀，以及攜帶式小鏟子等等塞進背包裡。

幾乎垂直聳立的岩盤似乎比昨天容易攀爬。由於必須抓著倒木的短根往上爬，昨天上原攀爬的路徑留下了如車轍般的痕跡。倒立的巨大倒木的樹根上黏滿泥巴與小石子，只有上原抓過的部分被弄乾淨了。充作踏腳處的樹根則都扭曲折斷。上原小心翼翼地爬著。被夜露弄濕的樹根滑溜溜的，這一點依然沒變。途中甚至忘了要休息。昨天因為興奮而不感疲勞，即使快喘不過氣來都沒注意。

好像在爬一座半球形的荊棘山。細長圓錐形的樹根很不容易抓牢，腳一踏上去就彎曲折斷。上原將注意力集中在手指與腳尖，將腳牢牢踏進樹根內部，身體站穩後再移動下一步。倒木的根茂密地四處叉出，必須邊爬邊不時避開腦袋，身體弓成く字形才能夠前進。僅僅前進幾十公分就用掉了驚人的時間。

來到岩盤頂部時，從茂密的枝葉間可以看見稜線漸漸亮起。天空覆蓋著厚厚的雲，鳥群不斷盤旋著。試著與遠方的電線桿做個比較，上原判斷自己所在的這個岩盤頂部大約距離地面數十公尺。頂部和緩的斜坡呈長條狀，約有十坪大。至於昨天檢查過一遍的斜坡區為混凝土所固著，靠近中央處有裂縫。上原卸下背包，取出攜帶式的摺疊鏟，開始動手把裂縫旁的土清到一邊去。四周長著不少低矮的灌木。上原把那些樹連根拔除。混凝土上的樹根都非常短，輕輕鬆鬆就把所有的灌木都拔掉了。終於，裂縫整個現身了。裂縫長約三到四公尺，最寬的地方有幾十公分，窄的部分只有幾公分。上原覺得像是嘴唇或是一道傷口。

裂縫中露出了生鏽扭曲的鋼筋。切面呈L形，每邊寬約三、四公分。決定動手鋸斷那鋼筋。好像只要鋸掉一根鋼筋，身體就可以從中間的空隙鑽過去。而且那根扭曲的鋼筋已有一端斷掉了，只要鋸斷一處即可。

把鋸條安裝到鋼鋸的框架上。將鋸條兩端的小孔套進架子上的凸起處，然後將另外一側的蝴蝶頭螺釘扭緊。可是鋸了沒多久，就被厚厚的鐵鏽阻礙了。生鏽的鋼筋看起來簡直像腫起來一樣，鋸條接觸不到鋼筋。而且鋸條一與生鏽的部分用力摩擦，周遭就響起尖銳的聲音。若是這種聲音持續下去，或許會令人起疑。上原決定放下鋸子，先用瑞士刀的銼刀清除鐵鏽。用小銼刀工作了大約一個小時之後，只銼掉了少許紅褐色的金屬粉末而已。脫掉外套，喝了好幾次水才讓心情平靜下來。手肘與手腕因為持續的小幅運動而痛了起來。

終於，鏽表面的顏色開始有了些微變化。有如礦石的結構般，可以看到好幾層不同的鏽。彷彿不是把鏽銼掉，而是一層層剝掉。不必把所有的鏽都清乾淨。只要能夠讓鋸齒接觸到鋼筋表面即可。露出五釐米寬的鋼鐵就夠了。銼刀的縫隙中塞滿了金屬粉末。粉末在雲縫間射下的陽光中閃閃發亮，隨風飛舞，上原看了好一會兒。

上原收起銼刀改用薄刀。就像是薄薄削去柔軟的結晶般，探出鏽層的縫隙將刀尖插進去。刀尖無論如何都會抖動。上原脫掉沾滿泥巴的手套。太陽又隱身到雲層後面去了。影子掠過混凝土裂縫，刀上的反光也消失了。汗水從太陽穴流到了臉頰上。再次用刀尖插入鏽層的間隙。輕微的聲音響起，好像打開電器用品的開關時那種聲音。靜靜將刀尖插入鏽層間隙的更深處。剝除附著在表面的物體的觸感，透過刀子傳到了手指上。一片拇指指甲大小的鐵鏽被剝下來，打著轉從裂縫落進光線無法到達的內部。

再換回鋸子來工作。一鋸下去，無論如何都會發出聲音。雖然不像鋸在生鏽部分時的聲音那麼尖銳，但仍是與鳥叫虫鳴明顯不同的人為金屬聲。不知道這種聲音能夠傳到多遠的地方。可是上原生怕被人發現，就算些微的可能性都要避免。自己也不知道為什麼會變得這麼小心謹慎。不過在這雜木林裡還真注意到了很多事。例如在昏暗的雜木林中攀爬的時候，就非得仔細確認腳下所踩的石頭是否牢靠不可。光用眼睛看，並無法確定是牢靠的岩石的一部分或只是小石塊。好幾次不小心踩在石塊上都差點跌倒。攀爬的時候必須盡可能避開石頭才行。無論如何都避不開的時候，必須先用腳尖試試那石頭是否穩固。這類的事情應該不限於在雜木林的山坡上吧，上原心想。不論是在隱居之前或開始隱居之後，自己都不知道必須集中注意力才能夠活下去。只要稍微一不小心就會從山坡上跌下去，這種事從來沒有人告訴過我。也不曾遇見過真正小心謹慎過生活的人。與家人間的互動一定也需要集中注意力吧。搞不好這些傢伙都在說謊，若是在更早期能夠這麼想就好了。

為了抑制金屬聲，上原四下尋找是否有什麼油之類的液體可用。現成的液體只有礦泉水而已。想到了爬坡途中壓爛地底虫子時弄髒手的黏答答體液。用鏟子輕輕挖掘地面，在長著墨綠葉子的灌木根部，找到了許多火柴頭大小的幼虫。用手指一捏，擠出了有如煉乳的白色黏稠汁液。上原用刀腹抄起虫子，放在鋸齒與鋼筋間擠爛，然後繼續工作。金屬鋸的鋸片必須與鋼筋保持垂直才行。即使稍微有些傾斜，薄鋼鋸片都會彎曲卡在鋼筋的鋸縫中。只要鋸片保持垂直向前鋸，就能夠確實將鋼筋鋸斷。不要太用力比較能達到效果。只要輕輕施壓鋸縫就會逐漸加深。記得這副鋸架加上替換鋸條的含稅價是九百零三圓，上原心裡想著。鋸架三百八十圓，替換鋸條四百八十圓。是在販賣園藝用品、汽車用品，還有家庭用品與藥品的量販店購買的。雖然是非星期假日的下午，店裡卻滿是攜家帶眷的顧客。男士們在汽車用品區拿起汽車美容蠟、飲料架等產品研究著。推著嬰兒車的婦女則或在試聞浴廁芳香劑，或在察看間接照明器具的價格，或與朋友聊著可以將沒喝完酒瓶中的空氣抽掉的特殊瓶塞，或是群集在貼著統統三千圓的比利時製玄關墊的拍賣場那邊。店裡非常大，弄不清楚金屬鋸的賣場在哪裡。上原詢問一名經過的店員，不過那個塗著灰色指甲油的店員，一開始對鋸子一詞沒有反應。鋸金屬的鋸子。雖然上原這麼說，但是看得出來，金屬、鋸子這些辭彙並沒有在她腦袋裡組合起來。終於，在店員的帶領下來到電器用品旁邊的休閒木工賣場。金屬鋸就掛在可以把木板鋸出曲線的線鋸旁邊。上原想不透，為什麼能夠截斷金屬的特殊工具會隨便在這種地方販售。既然這種鋸子真的能夠鋸斷金屬的話，上原認為，不但可以鋸斷停車場裡汽車的天線，可以鋸斷鐵軌，還可以鋸斷各式鐵籬與鎖住禁止進入的場所。鋸齒呈細波浪狀，上原覺得這種波形應該具有重要意義。把手上有貼紙，上面寫著：碳鋼．一般金屬通用。還附有使用注意事項與說明。請預留寬敞的工作空間。作業中隨時留意周遭安全。鋸條具有危險性，使用時務必小心。請佩戴護目鏡與手套。把鋸子放入提籃中走向收銀檯時，上原想著，這種工具連人體都可以輕易鋸斷吧。

上原停鋸，將幼虫放到鋼筋的鋸縫上。幼虫的汁液一不夠，鋸條就發出雜音。鋸片的細齒切著虫體，黏液降低了摩擦後聲音便停了。鋸條上寫著是以超速鋼製成。

大約在開園鐘聲響起的時候，鋼筋被鋸斷了。先試試殘留鋼筋的強度，用力想要弄彎卻動也不動，深深固定在混凝土裡面。於是決定將繩索綁在鋼筋上。十公尺長的繩索。上原決定先在繩索上打結，一來用以探測洞穴深度，二來便於攀爬。利用鋸片來當長度的標準。鋸片上標示著250mm。為了便於攀爬，每隔五十公分打上一個大結。然後將一端綁在鋼筋上，另一頭綁上剛用完的鋸架。洞穴的內部黑暗。囿於裂縫的阻礙，用手電筒照去也根本看不清楚底部的狀況。混凝土似乎厚達好幾十公分。上原將綁著鋸架的繩索垂進洞中測量深度。

洞穴裡傳出陳年積水與發霉的味道。慢慢將繩索垂放下去，聽到鋸架撞到什麼硬物的聲音。鋼筋到洞底的距離大約有六到七個繩結，所以洞穴深約三米到三米半。把鋸架拉起來，解開繩索，然後將繩索剪成兩半。將剪下的繩索一端綁在背包的背帶上。因為背著背包就無法從裂縫鑽進去了。把鋸架與保特瓶裝礦泉水裝進背包裡。將裂縫周遭的泥土踏平，用灌木將綁著繩索的鋼筋遮住。這麼一來，就算萬一有人爬到這岩盤頂上，繩索也不會被發現，上原心想。

將背包用繩索緩緩垂降到洞穴中，邊數著繩結的數目。手上傳來背包被卡住的感覺。正好數到第六個繩結到第七個繩結之間。上原認為背包已經到了洞底。但是握著繩索的手一鬆，背包又繼續下降。上原感覺到心跳加快了。將繩索的繩結從後面數來確認一下。並不是數錯了。終於，背包在第八個與第九個繩結間停了下來。正下方也許有一段高差，上原心想。鋸子落在上部，背包則碰到了邊角又繼續下降。

上原雙腳夾著自己拳頭大小的繩結，從裂縫鑽了進去。先扶著混凝土裂縫參差的突起穩住身體，用腳尖探著繩結。雙腳夾住繩結，兩手抓緊繩索，然後腳尖再往下探。半個人進入了洞中，被寒氣所包圍。下半身都起了雞皮疙瘩。如果這條繩索斷掉或是綁在鋼筋上的部分鬆脫的話，就無法從洞裡脫身了。一面以五十公分的進度下降，上原一面想著：沒有必要去考慮那種事。自己是受到光帶所導引。所以能夠弄到鋸斷金屬的鋸子，並且實際將鋼筋鋸斷。擁有某種具體的願望，繼而付諸行動，並且真正得以實現。其他所有的人幾乎都處於那種循環之外，而且對此事一無所知。光帶會使之化為可能。上原將光帶與共生虫重疊在一起。

腳尖碰到了洞穴底部。小心翼翼確認過踏腳處之後，從襯衫胸前口袋取出手電筒。呼吸聲造成了回音，感覺肌膚都被寒氣與濕氣滲透了。下來一看，洞底果然有段高差。並不是自然的地形，好像是混凝土塌陷所造成的。整個洞穴呈扭曲狀，底部與壁上都長滿了青苔。抬頭一看，裂縫有如嘴唇般張開，又好像巨大的新月。上原把背包拉起來，在眼睛適應黑暗之前暫時先按兵不動。抓著繩索，數度測試拉力強度。洞穴約三坪大，塌陷處大約位於中央。踏出腳正打算探探陷落情況時響起了像是鳥叫的聲音，腳下突然踩了個空。雖然上原緊抓著繩索穩住身體，還是不禁叫了出來。叫聲沿著周圍的牆壁響起。腳邊的青苔剝落，用手電筒一照，底下露出了破木板。潮濕腐爛的破木板。緊抓著繩索再次移動腳步，又聽到了像是鳥鳴的木頭碾軋聲。難道這個洞穴底部不是混凝土而是木頭地板嗎？終於，上原發現那並非木頭地板，而是成堆的箱子。往箱中一窺，裡面排放著發黑的罐頭。可能是裝在箱子裡的緣故，罐頭上並沒有長青苔。罐頭上也沒有標籤之類的東西，表面覆滿黑黑的鐵鏽。可以看到蓋子壞掉的箱子內側寫著漢字。上原將手電筒拿近一照，看到上面寫著：**赤玉筒**。

11

看到印在腐爛木板表面的黑色文字，不禁有種不安定的感覺。或許因為那是不熟悉的字體的緣故。是筆記型電腦的文書處理軟體裡所沒有的字形。

光線從頭頂上的裂縫斜射進來，照在背後的洞壁上。覆蓋在裂縫上作為偽裝的枝葉遮住了光線。枝葉的影子映在洞壁上搖曳著，上原突然間想起了蕾絲窗簾總是在飄動的祖父的病房。如果不是他的話，這個世界上就沒有我這個人存在了，望著鼻孔插著管子、絕對不會張開眼睛的祖父的臉龐以及窗邊搖晃的蕾絲窗簾，心裡一面想著這件事。

上原右手抓著繩索蹲下身去。在混凝土塌陷部分的木箱散亂成堆，用手電筒照照其他木箱，這回清楚看見內側以黑色粗體字寫著：**黃玉筒**。為什麼這種字形會讓人產生不安定的感覺呢？上原思考著。由於腐朽的木板已然變色，手寫的文字很不好辨識。不過，之所以會造成奇妙而不安定的感覺，並不在於不容易辨識。不論是**黃**這個字，**玉**這個字，或是**筒**這個字，整體的均衡感都奇妙而且反常。這是相當古老的字形吧，上原心想。是那個請我喝可可亞的女人播放的影片中不斷出現的字形。腳踝長著腫瘤的那女人用小銀幕播放的影片中，背景裡出現過無數同樣字體的文字。是戰時的東西。上原認為，之所以會有奇怪而不安定的感覺，是因為自己知道這些字的字體是在戰爭中所使用的。

從裂縫射下的光線逐漸移向上原的腳邊。因為太陽越爬越高了。終於，太陽升到了正上方，上原全身被圓柱形的光所籠罩。先是皮膚表面暖和起來，並且感覺到沉澱在周遭的空氣也開始流動了。一會兒之後，熱力慢慢透入衣服與體內。彷彿光線逐漸滲透進去似的。就像淋浴時的姿勢一樣，上原站起來抬頭面向陽光，閉上了眼睛。昨天在山澗旁晾乾襯衫與鞋子的時候，也曾同樣感到這麼舒服。就好像在受寒之後沐浴在冬日柔和的陽光下，體內有什麼東西逐漸融化了似的。來到這片雜木林之前，上原從未體驗過這種感覺。在柔和的陽光包圍下感覺著安詳的熱力，那些過去離自己遠去的東西彷彿又一個接一個回到了體內。曾經，坂上美子在電視上談過關於找回自己的事情。那個眼角上吊的電視主播在歐洲某處著名的海邊，頭髮與嗶嘰色外套的領子在風中翻飛。「置身於如此美麗的景色中。」她一手拿著麥克風，對著鏡頭這麼說。置身於如此美麗的景色中，像這樣站在這個海岸邊的我，感覺好像把自己完全收進了所謂「我」這個容器裡。只覺得自己是不多不少恰如其分的自己。如今終於了解當時那個女人所說的話了，上原心想。因為感覺到已斬斷遠離的過去的自己又回到了自己體內。一閉上眼睛，就好像可以看見兒時的自己被包在如同肥皂泡的薄膜中飄了過來，進入從裂縫射下的光帶之中。包著兒時自己的肥皂泡，從長著青苔的牆壁的那一邊，或是從黑暗陰冷的混凝土裂縫中一個接一個出現，在光線中迸裂，然後被吸入上原體內。在一個粉紅色肥皂泡中，是泡在塑膠游泳池中握著玩具船的兒時自己。塑膠游泳池上繪有小叮噹的卡通圖案。甚至連塑膠游泳池邊緣上圖案的細節，上原都完全記得。另一個肥皂泡裡，是騎著附有輔助輪的腳踏車的自己。

突然間，上原聞到一陣惡臭。鼻子與眼底發痛，並且連打了好幾個噴嚏。不知道發生了什麼事。以前在別的地方聞過的味道，讓人想起討厭的往事的味道。到了這個季節，父親與哥哥總是喜歡吃黑輪，盛在盤邊的芥末的味道。很明顯地，腳邊出了什麼狀況。說是洞穴，也不過只有十四吋電視螢幕的大小罷了。由於尺寸似乎可以探頭進去，於是我決定窺探一下那個洞穴。至於眼睛適應黑暗之後在那洞穴裡看到了什麼，我無法在此發表。即使各位認為我故弄玄虛，也還是無可奉告。我只能簡單說明一下，之後接著窺探那個洞穴的兩位朋友，一人後來死掉了，另一人則染上了重病。若是繼續待在這個洞穴裡很可能會死掉吧。如果死在這個洞穴裡，就沒有辦法殺掉ＩＮＴＥＲＢＩＯ那些傢伙，也沒有辦法與坂上美子見面，聊各種話題了。我覺得，要是當時沒有離開那個滴著甘露的洞窟就好了。據說為了因應本土決戰，在四國的島嶼製造的毒氣已經祕密運送到關東一帶。包括伊普爾氣與路易斯氣等糜爛性毒氣。皮膚若是接觸到這種毒氣便會潰爛，人就會因為皮膚無法呼吸而死去。長久以來一直有人在尋找昔日儲藏這些毒氣的防空洞，可是都一無所獲。我很想躲進那防空洞裡，一面看著自己的皮膚逐漸潰爛，一面前往另一個世界。大概是陽光的溫度促成了什麼反應吧，上原這麼認為。或許是罐子破裂，裡面的液體或固體漏了出來。上原抓緊繩索並用腳夾住繩結，開始往上爬。爬了三個繩結高的時候，發現剛才視線的死角一隅，有一具動物的屍體。身體約有人類手臂長，看不出是哪種動物。那動物的腹部膨脹得異常大。

芥子氣：Sulfide Mustard，bis（2-chloroethyl) sulfide，2．2-dichloroethyle sulfide：S（CH_2CH_2Cl）$_2$，分子量１５９．０８，難溶於水，可溶於有機溶液。常溫下為油狀液體。汽化後會變成劇毒的糜爛性瓦斯，在第一次世界大戰中被德軍用來當作毒氣。由於１９１７年７月12日德軍用以攻擊比利時的伊普爾，別名伊普爾氣（Yperite）。此外也是一種具有致癌性的烷基化劑。也就是說，我們已經知道，能夠提供烷基取代有機化合物中的氫原子進行烷基化作用的物質，尤其是會在生理條件下將核酸與蛋白質烷基化的一干化合物，會使得微生物與病毒發生突變。烷基化劑的致癌作用與主要作用機制，一般認為是核酸的鳥嘌呤N—7位置接受了烷基而使得DNA的結構扭曲，並且在兩條DNA鏈之間形成連接橋。

這種化合物本身其實並不是瓦斯，而是一種低蒸氣壓、高沸點的液體。高濃度的粗製品會散發出類似芥子的臭味，即使只有少量混入空氣中也具有非常劇烈的毒性。會被黏膜、皮膚所吸收。作用遲緩，六～二十四小時之後症狀才會顯現。吸入所造成的死因是肺水腫，若是作用在皮膚上，則可說是一種強力抑制細胞再生功能而造成持續性潰瘍的細胞毒。第二次世界大戰期間出現了氮芥子氣，以N取代分子結構中的S，不過並不是用來作為毒氣。由於這種物質具有阻礙有絲分裂的強力效用，在戰後被用來當作抗癌劑。

伊普爾氣的生理作用、急救措施與化學性質：說到生理作用，首先就是造成皮膚潰爛。沾附於皮膚上會造成局部紅腫，有強烈搔癢感，並且形成像是糯或氣球般膨脹的大水泡。視接觸的量而定，有時還會化膿並出現有如燙傷般的症狀。若是吸入體內，對呼吸器官與消化器官造成影響所需的時間比較長，據說一般至少要一個小時之後才會出現症狀。症狀的發展首先是眼睛充血，並且全身有發高燒般的灼熱感。皮膚會變得暗沉，起紅疹。若是繼續惡化下去，皮膚會如同氣球般腫起，表皮壞死剝落，看起來就好像灼傷之後的增生組織。不過，最嚴重的還是被體內吸收的伊普爾氣，基本上並無法得知體內到底有哪些部位受損。因為主要是經由呼吸器官侵入體內，侵犯喉嚨、氣管以及肺部，造成氣管與肺部水腫。接下來，由於受到傷害的部位會潰瘍腫脹，傷患經常會因為呼吸困難進而窒息。‥急救措施，最重要的是維持呼吸道的功能，若是現場有氧氣筒，請立刻給傷患使用。情況緊急時，可用細塑膠管從傷患的鼻子或是嘴巴插進肺部，同樣必須維持呼吸道的功能。另外一個重點是，要將被汙染的衣服脫掉，以免二次中毒。以清水或是碳酸氫鈉溶液清洗眼睛以及漱口，仔細清洗身體，將附著的伊普爾氣沖乾淨。後續的處置包括開立副腎皮質荷爾蒙處方（以防肺水腫），以及服用抗生素。‥化學性質，高純度者無色無味，沸點約二一〇度C，凝固點十三度C，於二十度C之下的比重是一．二七；常溫下為油狀液體。在日光照射下會分解，不過速度緩慢，分解到一定程度後會呈現淡黃色，可以利用鋅使之還原。

上原從睡袋中取出筆記型電腦，上網查詢伊普爾氣的相關資料。在北海道藥科大學附屬生化學研究會以及消防廳毒氣對策委員會的網站上找到了相關資料，抓下來存檔。

換過衣服，用礦泉水洗臉洗手，並且漱了好幾次口。將舊褲子與襯衫棄於岩縫中，然後走下雜木林，跟昨天一樣用山澗的水清洗鞋子，並且趁晾鞋子的時候觀察一下身體的變化。只有喉嚨略微疼痛，並沒有其他症狀。上原認為，可能是毒氣的濃度還很低吧。

渡邊兄你好，我是上原。依照先前的約定，我來報告一下目前自己所在的位置。知道野山南．瑞窪公園嗎？我不知道渡邊兄住在什麼地方，不過，最靠近野山南．瑞窪公園的車站是西武新宿線的瑞窪站。請由車站北面出口出去，然後依照標示直走就對了。到公園入口大約必須步行十七到十八分鐘半。公園有停車場，不過我並沒有開車，不清楚從哪條路過來比較方便。抵達公園之後，請穿過大公園。從大門望過去，左手邊的遠處有個健行道的入口。到處都有指示牌，很容易找到。雖說是健行道，其實不過是條林間小路，步行約四十分鐘後，林道會與一條石子路交會。沿著石子路向右轉，不久就會看到右手邊有一棟兩層樓的建築。那棟建築物叫做〈綠之工廠〉，已經廢棄了。事實上，我兩、三天前就是在那棟建築物裡過夜的。雖然是破壞門鎖進去的，可是沒有被任何人發現。公園有管理員，不過很少會到那棟建築物附近。那一帶不但樹林茂密，而且幾乎看不到人影。又，我現在人在上野的一家膠囊旅館，並且和日前提到的那個老人約好，明天要去野餐。聽我提到野山南公園，老人非常高興。由於老人作畫，所以說想去野山南公園寫生。還記得之前提過的那片廣大的雜木林吧。我打算在〈緣之工廠〉做掉那個老人，並且改用大支的起釘桿來行凶，不用金屬球棒了。起釘桿是在〈緣之工廠〉的後面撿到的，比金屬球棒更好用。因為起釘桿的一端尖銳，可以打又可以刺。我以樹幹和舊沙發試了試，刺下去的威力相當驚人。明天早上八點，我會與老人從那家膠囊旅館出發，一同前往野山南・瑞窪公園。由於途中必須換車，預計抵達〈緣之工廠〉的時間大約是11:00左右。如果是我一個人的話應該會早點到，但畢竟是和一個可能超過七十五歲的老人同行，應該沒辦法走得太快。總而言之，明天上午11:00，我會與那個老人一起在〈緣之工廠〉裡喝茶，請務必在那個時間之前抵達。此外我還有一個不情之請，如果可能的話，希望能請坂上小姐一同前來。至於老人的屍體，因為雜木林中有非常多不會有人注意的地點，應該不難處理。總而言之，我會在野山南・瑞窪公園的〈緣之工廠〉恭候大駕。

在發電子信給INTERBIO的渡邊之前，上原轉了好幾趟電車前往上野。有好多事情必須準備妥當才行。首先來到車站附近的一家軍用流出品店。昏暗的店裡相當寬敞，堆積如山的迷彩野戰服幾乎碰到了天花板，並散發出一種二手衣特有的味道。店裡有幾名客人。年齡大小都有，但全都是獨自前來購物的。有位顧客要找以前羅馬尼亞祕密警察所使用的一種印章。那位顧客站在展示勛章與紀念幣的玻璃櫃前面，向店員描述那種印章。只要蓋了那種印，即使沒有法院簽發的拘票也可以逕行抓人；直徑約十三公分，滿大的印章。我們沒有那種東西，一個店員說。這樣啊，客人用低沉的聲音說道，表情沒有任何變化，然後繼續瀏覽展示櫃。展示櫃裡的陳列品除了勛章、紀念幣之外，還有精工雕刻的望遠鏡、象牙製的裁紙刀等等。

一名客人正在試穿野戰服。那個客人有一隻腳不方便，一名店員正在幫他穿褲子。店裡並沒有試衣室，那個腳尖扭曲的客人是躲在整排的簡易睡床後面換裝的。從簡易睡床的彈簧旁邊可以看到那個跛腳客人的四角褲。店員一手拿著野戰服，另一手將客人的腳抬起來。就在他們的旁邊，有個客人直盯著掛在牆上的步兵用攜帶式地對空飛彈。年齡大約三十五至四十五歲之間，身穿灰色西裝，外面套著奶油色風衣。那面牆上除了地對空飛彈之外，還掛著好幾種小型火箭砲。灰色西裝男子小聲讀著地對空飛彈的說明卡片。全長一・五公尺。重十五公斤。射程約八公里。以固態燃料推進。配備有ＦＬＩＲ紅外線監視器與放大鏡頭，在夜間與惡劣天候下均可使用。此外還備有紅外線感應器與ＩＦＦ敵我識別系統，可以攻擊任何方向來襲的目標。

收銀櫃檯旁一個穿著制服，應該是中學生的男孩，臉上戴著一副夜視鏡之類的東西，看起來有點像攝影機。夜視鏡的大小幾乎蓋住了中學生整個臉，附有許多小桿與轉鈕的金屬盒正中央突出了一支細長的鏡頭。整體漆成卡其色，但似乎是中古貨，好些部分的油漆已經剝落。佩戴時以三部分固定在臉上，後腦勺，從眉心繞過頭頂，還有下巴。中學生的臉被那造型奇特的夜視鏡遮著，看不到。一直盯著他看，感覺夜視鏡彷彿變成臉的一部分似的。中學生沒有辦法將夜視鏡正確戴好。夜視鏡似乎相當重，中學生非得用手撐著鏡頭的部分才行。收銀櫃檯的店員幫忙把帶子繫好。協助中學生佩戴好之後，店員提醒他要小心脖子。如果突然望向電燈等光源的話會頭昏眼花失去平衡，很多人因此而扭到脖子。我知道了，中學生回店員一聲之後便戴著夜視鏡在店裡走動。或許是戴著這個夜視鏡，景色看起來都為之一變，中學生笑著慢慢地走。鏡頭、機體以及佩戴用的帶子幾乎遮住了整個臉，只露出了鼻孔和嘴巴。店員跟在中學生的後面。注意不要看光亮處，不要看燈泡或是日光燈喔，店員反覆叮嚀著。

鞋子賣場有個男子正細心地為長統靴穿鞋帶。男子蹲在兩排架子之間的通道上，好像抱小孩似的抱著用結實的布料與皮革製成的靴子，將嗶嘰色的鞋帶穿進鑲有金屬環的鞋帶孔中。靴子的鞋尖與腳背處貼有保護用的皮革。同一款式的靴子排滿了整個架子，數量非常多，一直盯著看，覺得似乎都不像是靴子了。男子將鞋帶交叉穿進兩排平行的鞋帶孔中，並且每穿一孔就量一量左右兩側的鞋帶是否等長。終於，男子脫掉了自己腳上的鞋。原本他穿的是一雙普通的尖頭皮鞋。中學生戴著夜視鏡從正要穿上長統靴的男子旁邊經過。店員緊跟在後面，繼續在他耳邊叮嚀不要看光亮處。通道昏暗，中學生的嘴角被影子遮著，看不出是否在笑。陳列著無數長統靴的架子後面，繼續傳來讀著地對空飛彈說明書的客人的聲音。以往的紅外線導向裝置必須朝敵機引擎排氣孔發射才有效，但因紅外線感應器的性能已大幅提升，只要對著機體，從任何方向皆可發射。一個人就可以獨力操作，只要將裝填好飛彈的發射筒扛在肩上，鎖定敵機之後直接發射即可。在阿富汗，游擊隊就藉此擊落了許多蘇聯的攻擊直升機。此外，在九一年的波斯灣戰爭中，由於伊拉克購進了三千至四千枚同型飛彈，使得多國聯合部隊一直猶豫是否要出動攻擊直升機進行地面戰鬥。跛腳男子穿好迷彩褲站了起來，問店員看起來是否合身。店員去把鏡子搬來男子的面前。彎腰看著展示櫃，臉都快貼到玻璃上的那個客人拜託店員把櫃子的鎖打開，表示想看看那只面盤上有水晶雕飾的懷錶。傳來開鎖的聲音。面前的一名店員望著上原。如果有什麼需要的話請告訴我，店員這麼表示。

「化學戰用的防護衣還有防毒面具。」

上原這麼說。店員從穿著野戰服的跛腳男子身旁擠過去，帶上原來到店的最裡面，然後詢問毒氣的種類。

「伊普爾氣。」

上原回答。這種的最好了，店員說著拿出一個密封起來的沉重厚塑膠袋。

「這種防護衣表面裝配了活性碳。據說是五十年前由美軍與ＮＡＴＯ共同開發，如今當然仍在使用。不用說，這件是沒有使用過的全新品。雖說連香菸濾嘴都使用了活性碳，算是十分常見的物質，但是在吸收毒氣這方面，老實說，目前仍未開發出比活性碳更有效的新產品。活性碳的作用並不是將毒氣成分分解，而是將毒氣吸附住。經過證明，可以在零點零三秒之內，將百分之零點零零七的氯化苦減低至百分之零點零零零零七，能夠將濃度降至千分之一以下。目前，擁有這麼強的吸附能力的，除了活性碳之外還找不到其他的物質。不過，活性碳對於揮發性較高的毒氣沒什麼效，例如對氰酸毒氣與氯化氰之類的微粒狀氣體就不太適用了。活性碳說穿了其實就是炭，原料所使用的樹種不同，吸附力多少會有差異。黑檀與紫檀雖然很有名，但椰子殼的效果卻意外的好。也就是所謂的 coconut shell。不過，千萬別忘了活性碳並不是絕對的。對付毒氣是有一時的效果，但畢竟無法完全吸收。這款防護衣與防毒面具是連在一起的，還附有類似太空裝的靴子。面具部分為密閉型三層結構，若是伊普爾氣，應該可以將作用降低至一半或是百分之二十五吧。只不過，不論是就防護衣或是防毒面具而言，都沒有經過什麼實驗證明。」

店員直盯著上原的臉，鼻頭上冒著汗。長頭髮。身穿白色襯衫配灰色長褲，繫著深藍色領帶。腳上是耐吉的網球鞋。他不時將垂到額前的頭髮往上撥，一面說道。

「其實仔細想想就知道，要測試防毒面具與防護衣並不是件簡單的事，擁有最多資料的應該要算伊拉克。據說海珊在大規模屠殺庫德族人的時候蒐集了龐大的資料賣給俄羅斯，說不定真有那麼回事。這種值得推薦的防護面具，俗稱法式全罩型防護裝，穿起來出乎意料地合身。只不過，實在是有點重。以 Viton 與 Polyamide 纖維，還有另外一種尚未命名的化學纖維織成，如果是伊普爾氣，我想應該可以使用二十四個小時。不過必須注意的是，穿著防護衣的時候既悶熱又行動不便。我試穿過十幾種防護衣，若以日本夏季的氣候來說，三十分鐘大概是極限了。由於密閉性非常良好，嚴重的時候甚至還要提防發生熱衰竭的情況。還有，因為伊普爾氣的揮發性低，離開現場之後一定要洗淨，這一點千萬不能夠忘記。」

多少錢？上原問。

「二十四萬。付現的話可以打折，十八萬。」

上原買了防護衣。開車嗎？那店員問，上原回答坐電車。那我幫你包成毯子那麼大小，比較好拿，店員說著開始動手捆綁包裝。

12

Uehara wrote:

>總而言之，明天上午11:00，我會與
>那個老人一起在〈綠之工廠〉裡喝茶
>，請務必在那個時間之前抵達。此外
>我還有一個不情之請，如果可能的話
>，希望能請坂上小姐一同前來。至於
>老人的屍體，因為雜木林中有非常多
>不會有人注意的地方，我想應該不難
>處理。總而言之，我會在野山南·瑞
>窪公園的〈綠之工廠〉恭候大駕。

了解。

ＩＮＴＥＲＢＩＯ全體

為了打發時間，上原順路來到瑞窪車站前的露天咖啡廳Mademoiselle，將信發送給渡邊。幾分鐘之後收到一封內容簡短的回信。沒有發信者的名字，信箱位址是interbio-info@interbio.ne.jp。郵件伺服器與之前那些來信的人都相同。ＲＮＡ、渡邊、板垣卓、ｋｋ，他們的電子郵件伺服器也都同樣是interbio。電子郵件的內文只有兩個字：

了解。

他們到底了解什麼了呢？不管怎麼樣，他們應該都會前往雜木林吧，上原心想。晚秋黃昏時分的露天咖啡廳幾乎沒有客人。遮陽棚下圍起了厚塑膠布以擋住冷風。雖說是透明塑膠布，對向的風景看起來仍然變得略微模糊不清。穿著白制服的女服務生過來請上原點餐。好像真的是冷了，上原起了雞皮疙瘩。

「請給我乾式咖哩和咖啡。」

您點的是乾式咖哩和咖啡對吧，女服務生複誦一遍確認之後，從上原面前離開往店裡走去。明天上午有空嗎？等一下送咖哩飯過來的時候，上原想要問她。如果有空的話，要不要去野山南的綠之工廠呢？想要約她同行。妳住在什麼地方呢？離這裡遠不遠？搭電車通勤嗎？明天在綠之工廠會有非常有趣的事情喔，去看了就知道。上原想像著自己跟女服務生這麼說。上原腳邊放著一個新的背包，裡面裝著全罩型化學防護裝。化學防護裝是鮮豔的橘色，體積大約有兩條捲起來的毛毯那麼大。若是把背包裡豔橘色的化學防護裝拿給女服務生看的話，她一定會對明天的事情很感興趣才對，上原心想。沒有辦法將化學防護裝拿給她看，實在是太可惜了。

好久沒聞過乾式咖哩的香味了。以前曾經將母親做的乾式咖哩整盤砸到牆上，那是在念中學的時候，還是小學時候的事情呢？聞著咖哩的香味，上原又想到了其他事情。曾經有人送給他一盒礦物標本。想不起來是什麼人給的了。好像是哥哥，又好像是哪個親戚。並不是因為他對礦物感興趣，但總之就是有人送了一盒礦物標本。標本裝在一個扁平的透明壓克力盒子裡。有水晶、鐵礦石、黑曜石，一個名稱已經不記得的金光閃閃的礦石，含有銅成分的赭紅色礦石，以及石英和石綿等等，不過上原並沒有小心保管。儘管朋友來玩的時候都記得拿出來獻寶，卻並沒有好好保管礦石標本。標本盒中每一格的底部都貼有記載各個礦物名稱的小標籤。每個礦物都必須依照標籤收進固定的格子裡面才行。可是上原卻漸漸覺得這太麻煩，沒多久就開始隨便亂放進格子裡。接著，在把石頭拿出來給朋友看或是自己把玩過之後，連收進盒子裡都嫌麻煩了。上原想起黑曜石在日光燈光線下掉落到榻榻米上時的情景。就在反覆將標本取出放回之間，壓克力盒壞了。蓋子缺了一部分，關不起來。於是上原便將盒子扔了。沒有了盒子之後，標本就一個接一個不見了。既不是拿去當禮物送人，不是被偷，也不是扔掉，但是標本的數目的確是越來越少。是因為石頭失去了收放之處的緣故吧，上原心想。失去了收放之處，任何東西的命運都是總有一天會消失。只有金色礦石還留著，好一陣子還收在書桌抽屜裡，不過那顆石頭終於也在不知不覺間不見了。當時，甚至那顆石頭已經從書桌抽屜裡消失了都沒注意到。

那些標本到底跑到什麼地方去了呢？上原在露天咖啡座的冷風中思索著。石頭並不會簡簡單單就被雨水侵蝕風化變成塵土。而且標本中也有些密度非常高的礦石。如今依然滾落在什麼地方吧。上原開始另租公寓隱居之後，老家曾經翻修過一次。或許標本已經不在那個家裡了。如今只剩下那顆金光閃閃的礦石仍然留在記憶裡。那顆金光閃閃的礦石只存在於自己的記憶之中。一面搜尋著有關礦石標本的記憶，一面思考著ＩＮＴＥＲＢＩＯ那些傢伙的事情。就和那金光閃閃的礦石一樣，ＩＮＴＥＲＢＩＯ目前只存在於上原的想像之中而已。明天上午，ＩＮＴＥＲＢＩＯ將會化為現實。ＩＮＴＥＲＢＩＯ應該會像沒有收納盒的礦石標本一樣，在綠之工廠現身吧。

穿過日落西山之後的無人公園，走進雜木林裡。在適應黑暗之前留意著腳步小心前進，待視力恢復之後腳步自然又快了起來。就算有人從林道那一頭走過來，一定也是自己先發現吧，上原心想。理由是因為，這片雜木林對上原而言比對其他任何人都來得重要。上原首次理解了需求這種概念。登山鞋踩著小石子，小虫從眼前掠過。感覺連雜木林的細處都能夠掌握。第一次來的時候，公園裡有大批遊客。他們的需求並不是公園。他們也不認為腳邊的小石子或眼前的小虫是必要的。

所謂需求，是自己的感覺連需求對象的細部都能夠掌握。那麼多的人，是為了何種需求而來到公園的呢？他們來到公園，似乎是為了得到即使不到公園來也可以獲得的東西。至於他們想得到的東西到底是什麼，上原並不清楚。

綠之工廠亮著微弱的屋外燈。老舊的燈泡忽明忽滅。出入口有兩處。正面的是一扇拉門，左側面的是木材搬運口。搬運口的鐵捲門只放下了一半。鐵捲門已經生鏽，一碰就發出聲音。上原用瑞士刀裡的螺絲起子，將拉門鎖釦上的螺絲卸下來。把鎖破壞掉太冒險了。若是公園管理處發現鎖遭到破壞，一定會加強注意吧。螺絲釘非常小，但是上原並不著急。先把螺絲釘頭上的鏽和油漆仔細刮乾淨。就和清除那混凝土裂縫的L形鋼筋上的鐵鏽一樣。將四顆螺絲轉下來，收進口袋裡以免弄丟。

將拉門軌道上的垃圾清掉，戴上手套後把門打開。裡面排放著工作機具，還有一股舊紙類的味道。屋裡隔成兩間房。房間一隅是通往二樓的樓梯。上原打開手電筒。眼前浮現出造型奇特的機械。頹倒的木頭平台上放了五部機器，機器各自朝著不同的方向傾倒。有齒輪和馬達，扭曲的電線垂掛著。兩間房之間的門開著。隔壁房裡還有三部機器，還堆積著被切得細而薄的碎木片。碎木片已經腐爛，散發出酸酸的味道。那間房的地板上散落著裝水泥或肥料的袋子，以及成堆捆綁袋口用的黑色細繩。牆壁上的電源開關與插座已經全部拆掉了。

二樓好像是辦公室。有個小玄關，有鞋櫃。門邊扔著一隻滿是灰塵的拖鞋。有幾張灰色的辦公桌，牆上掛著寫有計畫表的白板。白板旁邊有瓦斯爐、水龍頭與水槽。扭開水龍頭試試，起先傳來好像有什麼東西塞住的聲音，後來終於流出了混濁的水。知道還有自來水，上原便立刻關掉水龍頭。二樓沒有隔間，是一大間房。不論一樓、二樓的地板都滿是灰塵，好像被積雪所覆蓋似的。上原反覆確認房間的配置，離開建築物的時候又把鎖釦裝了回去。

從綠之工廠後方爬上了坡度陡峭的雜木林。抓住岩石的手套被照得發亮，上原知道月亮高掛在背後。應該很快就會聽到那虫子的叫聲了，上原心裡剛這麼想，那虫子果真隨即就開始叫出聲來。這是第三次攀爬這個山坡。黑暗之中什麼都看不見，可是身體卻記得腳下不穩固的地方。腳尖一觸及容易絆腳的岩石或長了青苔滑溜溜的樹根就會發出訊號。那種訊號並不會經過腦子。就和手碰到很燙的水時會不由自主縮回來一樣。從腳尖直接傳到腿部的肌肉，通知有危險地點。上原一面看著自己的影子一面攀爬。感覺像是自己的影子在月光下自動攀爬斜面，然後把自己的身體往上拉似的。

抵達了陡峭岩盤的下方。稍事休息之後，上原連背包都沒放下便開始攀爬倒木的樹根。抓著橫躺的大樹樹根向上爬，心裡想著：為什麼與第一次的時候相比，竟然變得如此愉快呢？倒木的樹根在月光的照耀下浮現出來，簡直就像是座圓形的荊棘山。這是第三次攀爬這樹根，之前已經兩度從其中上下了。其間的縫隙正好可以容納上原的身體通過。要踏住何處抓住哪裡才能夠穩住身體，上原都記得。與樹枝相比，樹根較不穩固。尖端就好像牛蒡或蘿蔔那樣細細軟軟的，很不好掌握。腳一踏上去也很快就彎曲斷裂了。樹根上四處可見像是瘤一般的膨大部分，往上爬的時候必須抓住那種節瘤才行。若是適當的距離內有節瘤，就非得抓住那根樹根才能夠穩住身體。能夠踏腳之處也很有限。起初要找出那樣的樹根非常花時間。必須伸出手去逐一摸索樹根，找出有節瘤的部分，並且用腳尖向內探，找出穩固的部分。如此摸索出來的樹根分布情形，只有上原一個人清楚。抓過之處僅留下不太明顯的痕跡，而且特定地點還存在著特定樹根，非抓住該處才能夠前進。只要手臂一伸，上原就能夠找到有節瘤的樹根。彷彿那長有節瘤的樹根會用只有上原才懂的語言說話似的。第一次攀爬的人一定不知道應該抓哪根樹根吧，上原心裡想。

來到鋪有混凝土的岩盤平頂，上原將化學防護裝從背包裡拿了出來。在月光下，岩盤呈現一片青白，化學防護裝看起來也泛白。依照軍用品店店員教導的方法，先小心將防護衣攤開，然後將正面的魔鬼氈都撕開，腳先穿進去。褲管下面附有完全以橡膠製成的靴子，袖口則接有橡膠手套。戴上防毒面具，試試能否正常呼吸。面具與防護衣的接合處以三重魔鬼氈封住。上原穿好之後在岩盤上走了一會兒。或許是外界的氣溫低，呼吸並不太困難，面具的視角也沒有想像中那麼窄。現在的自己除了受到這橘色衣物的保護之外，還受到其他許許多多東西的保護。上原知道，雜木林的冷空氣，鳥叫虫鳴，在風中搖動的枝葉，以及月光等等，都在守護著自己。

上原將繩索從混凝土裂縫放下去。然後，小心提防鋼筋的切斷處與混凝土裂縫勾到化學防護裝，慢慢滑降到月光照射不到的洞穴中。

看到了三名男子從雜木林間走來。時間剛過上午十一點沒多久。三人不時停下腳步四下打量、交談，然後又繼續朝這邊前進。帶頭的男子穿著皮夾克配牛仔褲，肩上掛著咖啡色的皮製背包。跟在後面的男子身穿西裝，外面套著雨衣，手上提了個黑色的文件包，簡直就像個下班回家的上班族。走在他旁邊的男子穿著墨綠色的羽毛夾克，耳朵裡塞著隨身聽的耳機。西裝男穿著皮鞋，另外兩人則穿著運動鞋。

上原用紅外線賞鳥望遠鏡監視著林道。隨著三人的接近，連上原這裡都可以聽到斷斷續續的談話聲了。

「簡直就像是來野餐的嘛。」

「結果花田兄是向公司請假的嗎？」

「反正也沒什麼重要的事情。」

「的確，我也覺得情況和上次不一樣。」

「話說回來，兩位難道不覺得肚子早就餓了？」

「這麼一說，我也這麼覺得。」

「都走了這麼遠了。」

「崎村君，就快到了啦。」

「崎村，把音樂關掉吧。」

「啊，這個嗎？不是說把音量關小就沒關係了嘛。」

「不是那個問題啊。」

「是不是還沒有進入狀況啊？」

看起來三個人的職業完全不同。皮夾克男戴著墨鏡，長髮紮在腦後。雖然看不出年紀，但是從打扮和走路方式看來，上原認為應該是二十五到三十五歲之間。西裝雨衣男怎麼看都像三十五到四十多歲。一路上不時擦掉鞋子上的泥，駝著背走著。另外兩個人稱呼他花田兄。羽毛夾克男背著布製背包，一副學生的模樣，上原這麼認為。他在快到通往綠之工廠的石子路之前取下了耳機。他的名字是崎村。三人的共通點是矮個子，走路姿勢都很難看。

「哦，怎麼說？」

「可以看得出來嘛。」

「那完全是兩碼子事。」

「我知道啊，可是感覺就是很那個嘛。」

「土屋倒下了，知道嗎？」

「沒聽說，怎麼了？」

「崎村上個月不是弄了個新節目嗎？」

「那可不是因為我的關係喔。」

「是因為土屋被崎村君的新節目嚇到了嗎？」

「我說了跟我沒關係的嘛。」

「土屋好像之前就不太對勁了。」

「那就怪了。我不久之前才跟那傢伙一起在澀谷喝酒的呀。」

「不久之前是指什麼時候？」

「大概也有半年了吧。」

「花田兄，那未免也太久了吧。」

「說得也是。以情報而言是過時了。」

「是過時啦。聽說他上醫院，是最近這兩、三個月的事情。」

「他的公司在哪裡？」

「總公司在名古屋。」

「總公司？這麼說那傢伙不在總公司上班嘍？」

「似乎是不在總公司。」

「這樣啊。嫉妒誤了我。」

「花田兄嫉妒啊？」

「嫉妒得要命哪。」

「為什麼？」

「他不是提過一個什麼人來著？那個……對了，那個被派遣到日本人壽去的女人。」

「橫川小姐。」

「我聽說好像發生了什麼事。」

「不對喔，是小星才對吧？」

「哪個小星？」

「從新加坡回來的那個歸國子女嘛。」

「啊，說是在代理店上班，其實是在印刷廠的那個女人嗎？」

「沒錯。」

「難道土屋迷上人家了嗎？」

「好像是喔。」

「真是那樣喔。我什麼也沒做，不過土屋那小子，感情卻一時受到不小的打擊。」

「小星那種人還是少惹為妙吧。從新加坡回來的，一副那種臉。不過土屋似乎是玩真的。」

「那個小星，是不是對紅酒很講究？」

「是啊。崎村君有什麼消息嗎？知道些什麼？」

「去年年底不是有辦尾牙嗎？」

「在西新宿辦的那個？」

「沒錯。那一次我喝醉了對吧？」

「發生了什麼嗎？和小星。」

「那個人其實相當主動噢。」

「所以我才問是不是發生什麼了嘛。」

「來找我傾訴啊。」

「關於男人的事情嗎？」

三名男子來到緣之工廠前站定。上原打開門，說道：請進。由於戴著防毒面具的緣故，講的話很難聽懂。上原的打扮令三人大吃一驚，面面相覷沒有說話。等三人進入緣之工廠後，上原關上拉門並且上了鎖。三人目不轉睛地看著身穿化學防護裝的上原，被稱為花田的上班族正打算開口，但上原制止了他，指著樓梯說：請上二樓。上原手持一端尖銳的鐵棍。在建築物後方的組合式儲藏室旁邊找到的。戴著橘紅色橡膠手套握著生鏽鐵棍的上原震懾住了三人。三個人走上了樓梯。

二樓的椅子上布置了奇怪的東西。那是用報紙團、肥料袋、上原的襯衫、繩索、細黑繩等製作而成，約真人大小，看似假人的東西。是上原趁天亮之前利用廢棄材料做出來的。假人的身體是塞滿碎木片的肥料袋，外面裹著上原沾滿汙泥的髒襯衫；頭部是束起來的報紙，披著幾十條黑色細繩充當頭髮。手臂是兩截登山繩，從襯衫的袖子裡垂下來。腿是兩根插在肥料袋裡的樹枝，左腳穿著滿是灰塵的拖鞋，右腳則是個生鏽的空鐵罐。空罐是上原在混凝土裂縫的洞穴底下找到的。代表頭部的報紙束上，用黑色麥克筆寫著「老人A」。這個充做假人的東西，如果只是隨便放在地上的話，一定會被當作什麼莫名其妙的垃圾吧。如果安排坐在椅子上，就勉強可以想像一下造型像個人了吧。三名矮個子的男子都說不出話來。

「現在我就將老人處死。」

上原這麼說道，並且催促三名男子盡量靠近假人。三名男子交互看著化學防護裝、一頭尖銳的鏽鐵棍，還有假人。並且好幾次倒抽一口氣。透過防毒面具的壓克力鏡片，上原確定三名男子的喉嚨在震動。

「請再靠近一點。」

依照上原所言，三名男子又往像是假人的東西靠近了些。他們夾克的袖子都快碰到上原裹在假人身上的髒襯衫了。那件襯衫是在攀爬倒木樹根時弄髒的，整件都染成了紅褐色。頭髮束在腦後的男子看看另外兩人，想笑可是笑不出來。叫做花田的男子目不轉睛看著上原。叫做崎村的男子則將隨身聽的耳機塞進了口袋裡。

上原用鐵棒戳向假人的頭部。報紙做成的腦袋與身體分家，滾到了地板上。上原用力將鐵棍的尖端刺進報紙裡。這傢伙在搞什麼鬼啊，叫做花田的男子喃喃念著。根本就是亂搞嘛，頭髮束在後腦的男子說道。上原數度用力捅報紙團，裡面滾出了像是生鏽罐頭的東西。大約有長形啤酒罐那麼大，上面滿是咖啡色的鐵鏽。和充作假人右腳的罐子是一樣的。上原用鐵棍戳那生鏽的罐頭。「去死！」每戳一次就喊一聲。喂喂，你夠了吧，叫做花田的男子對上原說道。就在這個時候，頭髮束在腦後的男子突然捂著自己的喉嚨倒在地上。叫做花田的男子也捂著眼睛踉踉蹌蹌往後退，就這麼從樓梯口跌到一樓去了。叫做崎村的男子發覺苗頭不對打算逃走，但是也和另外兩人一樣捂著眼睛與喉嚨，雙膝一屈。上原壓住頭髮束在腦後的男子，取出刀子割破他的長褲。男子發出含糊不清的聲音，捂著喉頭在地上打滾。叫做崎村的男子用手指和指甲抓著地板，即使指甲已然剝落出血都沒有停下來。上原暫且丟下二樓的兩人，去看滾到樓下的那個年紀較大的男子。叫做花田的男子跌落在一樓的機器之間，姿勢就好像蹲在那裡似的。男子從樓梯上滾下來的時候渾身沾滿了塵土，看起來彷彿成了機器的一部分。那是一部剝除原木樹皮的機器。機器右端有個放置原木的半圓形台座。用來固定原木，裝有三角形調整器的手臂向上伸出，剝樹皮刀具安裝在一個大齒輪上。約手掌大小的刀具磨損的方式很奇妙。原木台座下面是個圓筒形的馬達。馬達上刻有數字與英文字母，但因為滿是灰塵無法辨識。馬達上垂下了灰色的電線，電線前端的塑膠皮被剝掉，銅線緊緊絞在一起。馬達旁邊可以看到一個像是船舵輪的轉盤。轉盤上纏著滿是油漬的布條。轉盤後方的扁平盒子裡大大小小的齒輪組合在一起。叫做花田的男子一隻手捂著臉，另一隻扶著機器打算站起來。男子抓住了轉輪。上原觀察著男子抓住轉輪的手。男人捂著眼睛的手，手指間流出了泛黑的血。

13

叫做花田的男子口中冒出了血。上原走近叫做花田的男子，揪住頭髮讓他的臉朝上，檢查他的口腔。男子口中積血，呼吸困難。是因為喉嚨被血塊堵著而無法呼吸吧，上原心想。男子頻頻用力咳嗽。每次都捂著胸口，面露非常痛苦的表情。伊普爾氣使得他的皮膚潰爛。不只是表皮，連內臟內壁的細胞也都遭到破壞。屋裡已經充滿了高濃度的伊普爾毒氣。陽光從窗戶射進來，使得門窗緊閉的屋裡溫度逐漸上升。

叫做花田的男子企圖將塞在喉嚨深處的血吐出來。上原揪著男子的頭髮。橡膠手套具有適度的附著力，能夠緊緊抓住男子的頭髮。簡直就好像頭髮被手套吸住了似的，上原心想。拉住頭髮讓男子低下頭去，他便開始劇烈咳嗽並且全身痙攣。上半身前後劇烈搖晃，男子的腦袋脫離了上原的手。手套上黏滿了男子的頭髮，看起來好像是黑色的血管。

在痙攣的同時，一陣噁心的聲音從男子的胸腔經過喉嚨傳了出來。好像把生鏽的鐵門用力打開的那種聲音。血滴飛散到地板的積塵以及小木片上。接著，男子大張著的嘴巴裡流出了顏色泛黑的血塊。男子口中流著血，朝著樓梯爬了過去。男子以像是盤腿而坐的姿勢與地板接觸，雙手像是划船似的扒著地板努力往前進。看起來根本不像是人類的動作。隨著身體的前進，男子的腳變成了往左右甩出去的模樣。攤開的腳以奇怪的角度扭曲著。因為腳斷了吧，上原認為。

男子企圖將掉落在樓梯下的黑色公文包撿起來，可是手搆不到。上原彎腰撿起公文包，遞給男子。拿到公文包之後，男子上下晃動了幾次腦袋像是表示讚許。然後努力從公文包中取出一份用夾子固定起來的文件。那份文件上沾著像是炒麵醬料的汙漬。封面上寫著企畫書。男子拿著那份文件朝向上原，說道：就是這個。

上原注意到，男子的上唇黏著像是垃圾的圓形細小顆粒。可能是剛才拖著身體過來的時候不知怎的沾到的木屑吧。

「這就是證據。我和崎村還有茂原是沒有關係的。」

說著說著，黏在男子上唇的髒東西開始膨脹起來。最初不過米粒大小，但轉眼間就長成黃豆大，眼看著就又膨脹成乒乓球那麼大。曾經在紀錄片中看到過蝶蛹鼓脹羽化的過程，就跟那很類似。男子自己發現了嘴唇的變化，非常害怕。應該是自己的眼睛可以看到吧。自己的嘴唇突然腫脹成乒乓球那麼大，任誰都會感到害怕。雖然他動著不方便的腫脹嘴唇努力試著說話，卻只發出微弱的聲音，已經無法構成話語。腫脹起來的皮膚終於破掉了。粉紅色的乒乓球一破掉，混合著白色淋巴液的血便滴流到了地板上。即使如此，男子仍然不知在說些什麼。

上原將那寫著企畫書的文件翻了開來。坂上美子網站內容發展提案：ｂｙ　花田正純，第一頁上這麼寫著。爲了讓目前的網站進一步發展，本人提出以下各點新發展方向。**＊1搜尋引擎**：將電子報與網站內容化爲資料庫，建立檢索系統。另外準備目錄索引作爲自動檢索工具，以便補充相關資料或是說明等等。　**＊2骨幹資訊系統**：將作爲電子報刊載內容主架構的另類資料來源放在同一網站上做介紹。當然，與其他網站的連結也必須力求完善。　**＊3即時串流傳輸內容**：利用網路模組與即時串流傳輸的方式建構現場轉播系統。因應使用者的需求傳送資料庫中的資訊。除了純文字資料之外，並將圖檔、語音、動畫等彙集在一起，最大可因應十萬名用戶進行傳輸。　**＊4讀者特別交流園地**：爲坂上美子迷提供自行架設網頁與ＢＢＳ的空間以及應用工具。這樣可以在ＭＬ之外提供另一個讓支持者發表自己的意見與交換情報的場所。除了可以促進網站整體的活力之外，也可以對支持者進行意見調查。　**＊5 i-mode與WAP**：可以開發對應其他設備的內容，例如以ＮＴＴ的**i-mode**（**compact HTML**）或ＩＤＯ諸公司的**WAP**（**wireless access protocol**）行動電話登入，或是使用電子記事簿、**Windows CE**之類的ＰＤＡ進行連線。當然也可以對應W—CDMA與JPEG4等行動電話系統的大容量傳輸內容。

裡面有這些內容。看到坂上美子這四個字，上原知道這些男子就是自稱INTERBIO的那些傢伙不會錯。文件的第一頁蓋著〈作廢〉的紅色印章。男子用鉛筆在文件裡面寫了密密麻麻的字。由於字體實在太小，上原起初還以為只是發霉或汙漬。

我決定要與那些傢伙分道揚鑣了。這一點非常肯定。我就是我，A就是A，B就是B，坂上小姐就只是坂上小姐，這難道不是真理嗎？我想要以這份筆記來道別。為了道別而寫的。再見。這句話，我到底向他們說過多少遍了呢？這份筆記，是我個人冒著危險，為了個人的名譽與未來而寫的。我就是我，這份筆記的內容並不會在線上發表，就算是監視伺服器也無濟於事。只有在不被別人發現的情況下我才能夠寫下這份筆記。真是瘋狂。各位，只有這是真實的，只有這是證據。雖然我知道這件事，卻沒有辦法對任何人說。這就是位居上位者的宿命。可是我確定，這份手寫的筆記總有一天會成為不可或缺之物。我必須一直隨身攜帶這份筆記才行。崎村與茂原絕非狂人。比他倆更危險的人物比比皆是。在某種意義上，他們可說是這個網路世界下所產生的犧牲品。這份筆記可能總有一天會傳到坂上小姐那裡吧，我想，那也就是我們開始決戰的日子。雖然自己會被坂上小姐嫌惡，但是我知道那也是理所當然的報應。是懲罰。據說崎村曾經在新網站上中傷坂上小姐，茂原也曾入侵坂上小姐的伺服器。可是，這對他們來說是在做好事。他們兩人覺得那應該獲得讚美。雖然我後來得知此事，但是兩人卻要求我予以協助。這種事畢竟與我的工作也有利害關係，要公然去做實在讓我猶豫不決。雖然我和崎村及茂原一同行動的機會很多，但主要都是些與工作有關不得不然的事情，除此之外我也認為自己必須指導崎村與茂原才行。若是沒有我，他們兩個到底會變成什麼樣子呢？光是想就覺得毛骨悚然。難道這就是所謂的宿命嗎？因為我認為，我的燦爛未來是屬於我自己的。我之所以會開始寫下這份筆記，是出於情勢所迫。是受到自己必須踏出新的一步這個情勢所迫。過去三十多年，我是踩著各式各樣的人的頭上過來的。我很清楚自己並不是所謂的中堅分子。中堅或下層的人不可能會了解像我這樣的人。而且，若非出於情勢所迫，我就不會做出這種事情。我必須用這份筆記來表明，自己與崎村和茂原這兩個朋友，是出身、立足點都不一樣的人種。這份筆記是我在早上寫的。因為我自己很清楚，如果在晚上寫的話，就會變成一篇自慚形穢的文章了。之所以會知道這種事，也是因為我自出生就一直是踩著別人的頭上過來的。所以重要的筆記一定要在早上寫作才行。不論崎村或茂原都曾經輕蔑地表示坂上小姐根本就不值得尊敬，而且認為我根本也是同一種人而瞧不起我。這就是他們特立獨行之處。我過去喜歡坂上小姐，如今也依然喜歡，那是因為我與坂上小姐是立足點相同的人。年輕的崎村與茂原根本就不了解這種事。我可以很肯定地說，自己真正的目標是要建設一個積極的人類社會。重要的是這件事，可是不是贖罪。只要我一提這件事，崎村與茂原就會故意擺出一副輕蔑的模樣。不過這些都屬於半開玩笑的性質。說起來，崎村與茂原這樣的人其實是犧牲者。也許，在崎村出院的時候我就應該講清楚才對。可是我說不出口。茂原對我說過類似這種意思的話。由於茂原屬於下層的人，對於這種事毫不在意。崎村遭到坂上小姐指控的時候曾經流下了眼淚，這件事也只有我一個人知道。我認為，他們遠遠要比其他許多有毛病的人要老實。而且此事那個ＭＬ的每個參加者都知道，是個公開的祕密，當然也有部分只有我經手的祕密，不過我並不會藉壓迫崎村而讓自己處於優勢地位。我並不是那種程度如此低下的人。我寫作這份筆記的出發點，是希望未來能夠對坂上小姐有所助益。因為坂上小姐在開設網站號召有志之士的時候，就應該進行篩選才對。後來ＭＬ中之所以會形成一股異常的氣氛，就是由於下層的人與上位者雜處所造成的結果。人打從出生開始，人格上便有了上下關係之分，知道這種事的人少之又少。我覺得ＭＬ所聚集的人裡多少都有些自我意識非常強烈的傢伙，但是其中並沒有能夠了解這種事情的上位者。ＭＬ之所以會瞞著坂上小姐運作，原因就在於有很多人仍然處於進化成人類的路途上。很顯然地，我這並不是在稱讚坂上小姐。個人以為，坂上小姐本人從各方面來說都算是個中堅分子，也是個無法順利爬到上位的人的典型。後來我之所以關掉了ML，是因為一再發生人上人難以忍受的事情。崎村罹患了強迫症，而我聽說那是茂原所設計的。的確，提議要關掉ML的人是我，那是因為我實在受不了下層的人們那種殘酷無知的行為了。而且，ML的成員裡沒有任何人注意到這件事情。ML這種系統會奪去人性的光輝。因為大家都會看著我。若是在眾人的注目下顯露出自己內在能量的話，一切就完了。崎村的強迫症並不是任何人都看得出來，他只是因為把事情都看得很絕對而已。雖然崎村拒絕承認自己有病，還是去看了醫生。讓崎村發病的是土屋。土屋寄了DM給ML的成員，在內容中公布了崎村罹病的事情。雖然崎村絕對無法原諒土屋這個人，但那種情緒仍屬於人類情緒中較低的層次。在ML中，只要有某人發信給另一人，就會有好幾十個人看到。如果有某個人企圖中傷另一個人的話，不但會造成混亂，單純的環境也會遭到汙染。雖然我曾數度向坂上小姐報告這種情況，但由於她是中堅分子，並沒有辦法理解。我堅信自己的期望，並且同意與崎村和茂原結黨。若是我不伸出援手的話，還有誰會指導他們倆成為人上人呢？希望各位記得那個叫做板垣的男子。起初板垣面對我的時候有自卑感。我把此事告訴了崎村，崎村表示一定要對土屋伸出援手才行，但是在另一層意義上，那也預言了板垣的崩潰。板垣並不信任土屋的事情。而板垣即是土屋土屋即是板垣，這一點是不會錯的。（這部分知道的人我想應該都知道）板垣是個會跑去公園和樹木說話，用筷子將樹上的虫子一隻一隻清除掉的人。我們互相都能夠理解。崎村與茂原和我是不同類的人，因為利害而結合在一起，但基於彼此的了解而能夠推動各種計畫。都是向前進步。板垣加入ML的時候，崎村表示因為自己也一直有憂鬱症，很能理解那傢伙，而茂原則是侮辱板垣。板垣寄到ML的電子郵件中充滿了慈愛，不過我已經可以從中讀出以後的發展。最後會發生慘劇也是意料中之事。茂原是個二十九歲的廣告文案人員，雖然腦子已經腐壞生病，但是內心卻溫柔直率。他是個直腸子的人。談話的時候正經，可是言行卻經常出現沒有條理的情況。雖然我發現崎村與茂原企圖傷害板垣的人格特質，可是他們畢竟是與我不同格的人。花田兄也同樣有罪，他們說。那只是針對我共同參與行動這一點而言，並不是因為了解我的內心。崎村家在茨城縣經營旅館，當我與別人交談的時候，他會自認為那是在談論他的事情，是這樣的一個人。我並非只要寫下崎村與茂原的表面性格，還要討論一個人最深層人格的問題。也就是未來是否有能力成為人上人的問題。或許我應該丟開崎村和茂原才對。可是那簡直就和叫他們去死一樣。他們仍然是乳臭未乾的小孩子，非得依賴我不可。為什麼我不能夠棄他們於不顧呢？我從小就知道這種事情。是活到九十九歲的祖母教我的。板垣以電子郵件告訴我們，他在ML中遭到中傷並打算自殺。說是想要在心愛的樹下澆汽油自焚，化為灰燼作為樹木的養分。雖說板垣是第一名犧牲者，但是我與崎村和茂原只是前往那個公園旁觀，並沒有參與板垣的自殺。板垣依照崎村與茂原所指定的時間來到目黑區柿木坂的綠地公園，將裝在低溫殺菌牛奶瓶裡的汽油從頭澆下並且用打火機點火。因為下雨的緣故，火並沒有燒得很大，但板垣仍然受了重傷。可是崎村與茂原自此之後便覺得傷害別人的人格特質是他們生存的意義，而且接下來又拉著我發出電子郵件給一個名叫天宮的女性。崎村與茂原侵入郵件伺服器竊取當事人的資料。這是不可原諒的事情。天宮這名女性的本名是義田，在勞動省上班。天宮這名女性的左腳關節罹病，我們甚至還親自前往她的住處，先行確認這個名叫天宮的女性的長相。還曾經前往霞關，仔細觀察她拖著腳走出地下鐵車站的模樣。快看！崎村指著天宮說道。我曾經與天宮通過好幾個小時的電話。她雖然身為一級公務員，卻自怨自艾出身不好命運多舛，屬於下層的人。雖然我花了許多時間安慰她，可是她這種人卻不會對我的行為表示感謝。藉由偷窺電子郵件得知當事人大部分隱私之後，崎村與茂原便企圖控制那個人。不甘受擺布的天宮向市民網路義工投訴，崎村與茂原只好罷手。雖然我認為入侵郵件伺服器這種事的罪行等同於殺人與吃人肉，可是崎村與茂原的神經似乎已經麻痺了。藉由其他伺服器來隱藏發信位址，我們的犯罪行為並沒有被發現，可是崎村與茂原卻漸漸不認為這是犯罪，讓我越來越害怕，而且兩人開始將一切責任往我身上推。一旦成為劊客偷窺他人的隱私，劊客本身也會產生妄想，認為自己的隱私一定也會被別人看到。崎村因此而住院，茂原也一直在服用鎮定劑。崎村認為茂原在偷窺自己的郵件伺服器，茂原也覺得崎村在做相同的事情。兩個人唯一信任的就是我。這樣的人，我可不能棄之於不顧。我在這裡發誓。我並沒有做出那種卑劣的事情，但是又不知道有什麼方法可以證明。唯一的方法就是與兩人一同行動。這對我而言是非常難以忍受的事，卻又無可奈何。你將是個人上人，母親經常這麼對我說。我並不打算在此寫下母親的事情，不過，這份筆記是唯一能夠證明我的清白的證據。坂上小姐根本不理會我重新建構網站的想法。崎村和茂原都認為我因此而懷恨坂上小姐，不過那都無所謂了。我知道，這種事情越去想就越覺得都無所謂了。我從來不曾對坂上小姐說過，其實自己是個人上人。因為她那種人是不會明白的。我經常繞著圈子這麼說。沒關係啊。妳要我離開，我真的覺得無所謂。我在ML裡的時候，坂上小姐做得還不錯。當然，我並沒有給她什麼指示也沒有教授什麼，但是所謂人上人，就算實際上並沒有經常見面，也能夠傳送心靈電波。我離開ML這件事，對中堅分子的她而言應該是致命的損失吧。這也是無可奈何的事情。我的母親生於大正年間，四十六歲的時候才生下我。坂上小姐誤會了我。我曾不止數次甚至數百次試圖解釋，但崎村與茂原卻在電子信件裡面把這麼做的我描述成會對每個人搖尾巴的狗。我曾經把那電子郵件拿給第三者看。崎村與茂原在坂上小姐的網站貼上了隱藏網頁。我覺得有分道揚鑣的必要了。我曾不止數次甚至數百次寄出絕交的電子郵件給崎村和茂原。崎村以及茂原也都分別寄了道別信給我。**再見**。由於我們使用了不止一萬次這個字眼，最後甚至連再見一詞到底是什麼意思都搞不清楚了。守著人格逐漸損壞的人又能如何呢？這種人的人格原本就被設定在非常低的層次，就算做了壞事也不會有罪惡感。看著這樣的人自甘墮落的模樣又能夠怎麼樣呢？是了，我應該有答案了。那就是人類。聽說我的母親過去有過一次死而復活的經驗。那個故事非常恐怖卻又吸引人。曾祖母站在母親的枕邊告訴她，我將從那個世界誕生。因此母親才復活，好不容易生下了我。在金光閃閃的飛龍爭奪紫色龍珠的夢境中，母親以剖腹產的方式生下了我，取了含有正與純粹兩個意義的名字，並且在附近鄰居的欣羨之下長大。不論在學校或是出了社會之後，都沒遇到過比得上我的人，儘管如此我還是必須保持謙虛的態度。事實上不只是我，任何一個人都應該謙虛才對。對母親來說，那種事情早在預料之中。若是有哪個下層人追近，我一定會巧妙地趕回去。我的成長環境完全不會與邪惡接觸，可是我並沒有辦法讓坂上小姐明瞭這一點，實在非常遺憾。最近坂上小姐網站的留言板出現了一個新人。他的名字叫做上原。

看到出現了自己的名字，上原不禁心跳加速，於是暫時停止閱讀這叫做花田的男子的筆記。叫做花田的男子垂著頭，一動也不動。上原將筆記擱在製材機器上，決定抓住男子的手臂把他拖到隔壁的房間去。打算將他藏在堆積如山的木屑中。雙手探入對方脅下，從地板上拖過去。也不知道男子是否還有呼吸。把人扔在房間的一個角落之後，用木屑把他蓋起來。木屑堆在地上，其中混雜著碎木片與鋸屑。濕濕的，鋸屑中還有像是虫卵的東西。白色的虫卵黏糊糊的，弄髒了橡膠手套。上原發現男子的手指上有好幾個像瘤一樣的東西。手指上的皮膚有多處腫脹成球形。長在手背上的腫脹物最大。外表皮整個呈粉紅色，好像用針稍微一刺就會破似的。名叫花田的男子還活著，潮濕的鋸屑跑進嘴裡時身體還突然痙攣了一下。就好像在海灘上用沙子將朋友埋起來一樣。心情則像是在做一件善事。二樓的那兩名男子，上原也打算一樣用木屑埋起來。木屑的量非常充裕，而且說不定還能夠消除屍體的臭味。

上原剛開始接觸網路沒多久，電子郵件信箱空空的，無法得知他的生活與交友關係等等細節。對上原感興趣的是茂原。茂原對於上原所創造的共生虫很感興趣，雖然上原似乎有想要殺人的傾向，但是我和崎村都認為那並不是認真的，茂原好像也這麼認為。若是不自己動手就太懦弱了。雖然還沒有見過上原，但是這種人什麼地方都有。我們見面的時候經常會聊天。就連在坂上小姐的網友會上，最聒噪的也是我們。經常與板垣去喝酒。也經常與天宮在居酒屋見面，喝過好幾次紅酒。我想，我們所做的事幾乎任何人都知道。需要隱瞞的事情根本就沒有意義。可是知道之後反而大家都會把那些事情匿而不宣。崎村和茂原都經常會到我家來玩。一同參加網友會的時候我們都不會聊那種事。聊的都是電影或演唱會之類的話題。網友會上聊的自然都是些輕鬆的話題嘛。茂原家開了一間大綢布莊，他經常自誇家裡只接待有錢的大客戶。我並沒有把自己家的情況告訴茂原。我猜崎村也沒有跟茂原談過自己家的事情。崎村跟我談過家裡的狀況以及雙親的事情。茂原喜歡把雙親跟許多名人有交情這種事掛在嘴邊。說是只有政治人物、金融界要人、知名文人才會上他家的綢布莊。這種時候，我和崎村都是面帶笑容，邊聽邊點頭。茂原由於大量服用鎮定劑而不太能喝酒，不過會喝調得非常淡的威士忌。崎村也經常服用抗憂鬱劑而很少飲酒，但是聽說和女人一起的時候會喝點紅酒。崎村和茂原來我家的時候就會打開話匣子，聊些嗜好、女人還有酒之類的話題。崎村的興趣是音樂。據說會用電子合成器演奏。沒有任何人見過崎村現場演奏。想必他並不會演奏什麼樂器吧。我們無意中知道了這件事，但是都沒有說穿。由於我在ML上算是年紀較長，而且對大家都敞開胸懷，所以在關掉ML之前經常會有ML成員寄DM給我。他有毛病，當我收到第三者寄來這樣的DM時，遭到指控的當事人的電子郵件與留言全都已經可以看出不太對勁了。我是正常的，這種辯解還真可笑。在網路上，大家都不懂得什麼叫正常的應對。雖然那個叫做上原的人計畫要去殺人，但是會在網路上公然這麼宣告的人非常多，甚至還有人在留言中表示自己剛犯下殺人案。換句話說，就是什麼事都有人敢講。離開那家名為網客的設計公司之後，我就在附近的中學教授電腦操作與網頁製作。這份工作屬於政府推動的雇用政策的一環。評價很不錯。因為在網路上可以不必露臉或出示真名而暢所欲言，深受孩子們、老師及家長的喜愛，這實在是莫名其妙。要不是網路，不論崎村或茂原應該都不會發病吧。隨著自我意識增強而開始無法忍受網路交流之後，原本就有病態潛在因子的人很快就會發病。一旦染上網路病，只要上了網就無法擺脫那種病態。我正在服用自律神經調節劑，其他常用的藥物也只有安眠藥與鎮定劑而已。崎村原本認為或許可以跟上原交個朋友，而且以前就曾經出現過一個類似的人，是個作曲家，只不過我表示反對，因為四個人就成了偶數，團體一分為二的話便無法順利運作了。崎村表示，若是上原喜歡玩樂器的話要找他組樂團，可是我和茂原對此都不置可否。結果崎村又打了電話來。雖然不喜歡講長電話，但是我們經常在電話上一講就是三、四個鐘頭。崎村平常很少開口，有時候講著講著我都會搞不清楚，自己目前的談話對象到底是否真的是崎村。不過除了崎村和茂原之外我也沒有人可以聊坂上小姐的M

」的事情，不得已，在炎炎夏日中我還是會找崎村和茂原一同喝啤酒閒聊。我想從這小團體中抽身。我並非屬於這種環境的人，應該立刻動身前往他地旅行才是。我不是個能夠屈居他人之下工作的人。不但在成長過程中母親早已這麼告訴我，而且我自小就非常清楚這是有憑有據的。與我往來的人，都會為我的活力感到訝異。為什麼會這麼有活力呢？記得坂上小姐也曾這麼對我說，所有的人也都這麼說。為此，我才寫下了這份筆記。這份筆記為的就是證明那件事。我想大聲地說，崎村與茂原是另類的人種。這件事情崎村以及茂原也都能夠體諒我。因為我們是共同行動的不同人種。崎村和茂原都遠比其他一般人優秀，因此才得以與我交往，不過還是有個限度。由於我徹底配合崎村與茂原，他們兩個應該一直都很感謝我才對。坂上小姐應該也很清楚這件事，可是她卻沒有勇氣承認。這就是坂上小姐與我不同之處。坂上小姐無論如何都只能說是位於中堅地位的人，極限已經顯露出來了。成為名人之後就會變得看不清自己的程度了。坂上小姐的評價明顯地下滑了。那是中堅分子的宿命。即使與崎村和茂原這種幾乎可說是最底層的人物來往，我都沒有忘了進取之心。正因為如此，我非得道別不可。若是繼續這樣與崎村和茂原交往，自己寶貴的活力一定會被兩人吸走吧。之所以會辭去工作，事實上也是崎村與茂原的緣故。與崎村和茂原熟稔之後，自己的活力眼看著就日漸減少。心中這種不平或不滿的情緒，我一句也沒有向崎村或是茂原提過。從小到大，我從來不認為自己很偉大。身為人上人的人，是不會自己這麼認為的。要證明。我覺得，在這個世上生而為人，就要留下相應的證明。我需要的就是這種證明。平等。我們雖然生而平等，可是人與人之間仍然存在著排列順序。排列順序是肉眼所看不見的，可是就有人能夠感覺得到。崎村與茂原若能感受到那序列，我們也不必分道揚鑣。忍耐也有個限度。守護不成熟的大人，坂上小姐一個人就足夠了。我希望坂上小姐能夠早日覺悟。還來得及。只要跨出一、兩步，就能夠從中堅脫身。必須謙虛地傾聽他人對自己的批評才行。這是在排列順序的階梯往上爬的要訣。只要能掌握祕訣，之後就輕鬆了。或許有人會認為即使如此也追不上自小就站在序列頂層的人，但是這並不是重點。重點在於去做還是不去做。這樣，各位應該可以了解我是站在不同立足點的人了吧。我與崎村和茂原是不一樣的。這是證明。也是道別。

最終章

在瑞窪車站前的露天咖啡座看完了名叫花田的男子的筆記。花了一個小時才讀完，卻根本搞不清楚這個叫花田的男子到底想要表達些什麼，但不管怎麼說，那些傢伙應該就是INTERBIO。等一下走去車站的途中，就找個垃圾桶把這份筆記扔了吧。

陽光射下來的角度越來越傾斜。已到了下午與黃昏交界的時刻，上原心想。

Mademoiselle 咖啡廳前的路上形形色色的人來來往往。打開筆記型電腦，上網連結至INTERBIO。浮現出漆黑的畫面，有段和以前相同的文字。

誤闖或企圖入侵本網頁的人士請即刻退出。若是無視警告逕行入侵者，請做好心理準備，我們將在不觸法的範圍內進行報復。入侵者的電子郵件信箱立刻就會被追查出來。

INTERBIO

這段文字之下原本還有上原的姓名與住址，但現在已經不見了。雖然製作這個網頁的傢伙已經消失，但是這個網頁還會一直留存下去，上原心想。三名男子的屍體都埋在堆積如山的木屑中。名叫崎村的男子，背包裡有新力牌的攝影機。叫做崎村的這個人，想必是打算將自己感興趣的鏡頭拍下來。攝影機的按鈕很小，指尖在化學防護裝的手套裡無法操作。上原從叫做花田的男子的皮包中取出鋼筆，用筆尖打開攝影機的開關，將尚未用木屑完全覆蓋起來的屍體拍攝下來。

大大小小的球狀腫脹物使得三人的臉與手都變形了。叫做茂原的年輕男子，鼻子上的腫狀物約有網球那麼大，顏色也隨著時間變化著。最初是粉紅色，表面浮現出細細的血管，然後轉變為暗紫紅色，最後成了黑褐色。叫做崎村的男子，脖子上的腫脹物巨大如排球。腫脹物將襯衫的第一顆釦子都繃開了，看起來好像腦袋分枝成兩個似的。利用變焦將鏡頭拉近，讓那腫脹物占滿整個畫面。幾乎與臉一樣大小的球形腫脹物，簡直就和金星或火星之類的行星一模一樣。

上原開著攝影機觀察了好一陣子，看看是否會有白虫爬出來。叫做茂原的男子，鼻孔被腫脹物壓迫堵塞住了。另外兩人則是嘴唇腫脹起來，嘴巴被撐開一直張著。大約等了二十分鐘，共生虫都沒有出現。這些傢伙並不是被共生虫選上的人，上原心想，然後用木屑堆將他們的臉蓋起來。或許是溫度和濕度都非常合適，木屑中棲息著大大小小的虫子。這讓上原想起來，小學時有個同學曾經用木屑來飼養鍬形虫的幼虫。白色虫子並沒有出現，反而是木屑中的許多虫子正試圖往屍體裡鑽。虫子從屍體的鼻子、眼睛、耳朵、嘴巴，以及腫脹物的傷口往裡面鑽去。

往來電子郵件的對象消失了，上原望著映出自己臉孔的電腦螢幕，心裡這麼想著。雖然坂上美子沒有現身，但是那個女人遲早都會出現在我的面前吧。坂上美子應該知道這三個人的名字或是他們的長相才對。可以將拍攝屍體的錄影帶寄給她，要不然好像也可以利用影像壓縮軟體處理，以電子郵件傳送過去。坂上美子一定會打從心底大吃一驚吧。在驚愕之餘，一定會想盡辦法聽聽上原怎麼說吧。然後就會想要知道，上原到底是個什麼樣的人吧。

頭髮紮在後面的女服務生剛才偷瞄了一眼上原的筆記型電腦螢幕，並露出了微笑。我知道你的祕密了噢，是那種微笑，上原這麼認為。雖然人數非常少，可是我今天上午的所作所為絕對還是有人知道。只不過沒有必要逐一對這些人報告詳細的情況以及結果。簡單說，即使什麼都不對那些人說，他們也都知道。屍體的攜帶物品全都處理掉了。因為是從混凝土裂縫扔了進去，不會被任何人發現，就算發現了也拿不到。化學防護裝在山澗清洗過之後藏進了岩石間。那個混凝土裂縫下面有好幾千罐伊普爾毒氣，若是有需要，隨時都可以去取。可以當作禮物送給想要的人，也可以在網路上販賣。總覺得上野那家軍用流出品店的店員也很想要伊普爾毒氣。事實上，即使是那個女服務生，看到上原的時候似乎也是開心地露出了微笑。

斜陽開始照到了車站前的馬路上。去櫃檯付帳時，上原尋找著剛才那女服務生的身影，可是沒看到。咖啡座沒什麼客人，所以女服務生都退回店裡去了。櫃檯前排著好幾個人，不過上原認不出來剛才對自己微笑的女服務生到底是哪一個。女服務生的正確人數不明。大概四、五個人吧。她們全都綁著紅圍巾，身穿白洋裝制服。有的女孩穿著白襪子，也有人穿著肉色的絲襪。有女孩穿著涼鞋，也有人足蹬素面便鞋。女服務生們在店裡排成一列，「謝謝光臨」齊聲向上原道別。其中有人在對我微笑吧，上原心想。一排四、五個人之中，有一個人知道今天上午在那綠之工廠裡所發生的事情。伊普爾毒氣在脖子上造成的巨大腫脹物上有無數的血管，就和籠罩著行星的雲層一模一樣，連這件事也知道。那個女服務生的微笑就是證明。

斜陽也照進了電車裡。車廂裡有十多名乘客，上原的對面坐著一對情侶。男方瘦削，女方蹺著二郎腿，好像直盯著自己的腳尖。冬天夕陽的光線，隨著電車的前進方向變換著射入的角度。電車沿著河邊前進時，斜陽從上原的背後射進來；進入住宅區之後，太陽又跑到對面情侶的身後去了。

上原將背包放在地上夾在兩腳之間，裡面放著筆記型電腦、睡袋和換洗衣物。電車一搖晃，背包就不時碰到鄰座乘客的鞋子。鄰座是個穿著橡膠長靴的中年婦人，正在打瞌睡，沒有注意到上原的背包有時會碰到自己的鞋尖。婦人的雙手放在腿上。她的手背上用簽字筆之類的筆寫了什麼字。是15之3號。

剛才就一直聽到有如雜木林中虫鳴的聲音。也許是有人在旁邊聽著隨身聽也不一定。上原試著尋找聲音來源，可是並沒有發現。好像輕輕搖晃裝了沙子的空罐所發出的聲音。原本以為是電車經過鐵軌接縫時發出的聲音，可是不對。與電車行駛的速度和節奏不一樣。想到或許是耳鳴，試著按摩一下太陽穴，但那聲音又變大了。集中注意力去聽，音量卻變小了。一將注意力轉移到別處，聲音又再度響起。

越接近市中心乘客就越多。只是現在並非上下班時間，同車乘客的身體並不會互相碰觸。乘客們彼此保持距離避免身體接觸，或抓著扶手、吊環，或坐在位子上。類似隨身聽發出的聲音並沒有停止。剛開始隱居的時候，醫生提醒上原要注意耳鳴的問題。由於在腦部流動的血液已經降到了正常的七成左右，很可能會出現各種不適的症狀，醫生告訴他。

耳鳴、頭痛、噁心等情況嚴重時很危險，最好盡量躺著，醫生說。那個時候，上原認為自己並非像父親所言純粹只是懶惰，而是生病，可是父親聽到這樣的診斷結果之後仍然沒有改變想法，認定他根本就是想偷懶。

據醫生表示，身體的異變屬於一種對外界的反應。不論頭痛、噁心或是耳鳴，都是身體對外界反應所造成的結果。嚴寒或酷熱、細菌或病毒入侵、遇到無法承受的壓力時，身體就會有所反應並發出訊號。像是隨身聽所發出又像是虫鳴的聲音，一定是因為身體對某種狀況有所反應吧，上原心想。在雜木林中並沒有聽到這種聲音，但說不定那是因為耳朵聽著真正的虫鳴鳥叫的緣故。一個頭部包著繃帶的人抓著吊環。明明還有空位卻不坐下。眼睛看著那個人，上原突然想起一件事。有如耳鳴的聲音，與那個女人轉動著放映機時所發出的機械聲一模一樣。用小銀幕播放映戰爭影片給我看的那個女人。女人轉著轉盤捲動影片。

那個女人請我喝可可亞，為我包紮手上的傷口，除此之外還教導我很多事，想到這裡心中忽然升起一股對那女人的感謝之意。若是沒有那女人，我便不會知道防空洞的事情。也就不會進入雜木林，更不會發現伊普爾氣了吧。此外，那女人還讓我知道，有人在海邊全身被燒得焦黑而死這種事情。之後，用金屬球棒打破了父親的腦袋，打斷了哥哥的牙齒。雖然不在海邊，可是有人真的死在上原面前；雖然不是變得焦黑，但是目睹了皮膚腫脹得有如大球一般。幸虧那女人讓我看了那部影片，所以即使有人死在自己眼前都還能夠保持冷靜。那個女人藉由讓我觀看過去發生的事情以指示未來。或許這有如耳鳴的聲音，是共生虫提醒我不要忘了那女人所發出的信號也不一定。

上原在新宿車站下了電車。在月台的自動販賣機買了可樂，邊走邊喝著。不論月台上、聯絡地下道裡、車站建築物裡都滿是人潮。階梯與走道都非常好走。樓梯的傾斜角度固定，不必擔心有石頭絆腳，踏腳處也不會崩塌。腳底踩在地面上感覺非常穩固，與平時一樣，不需要專注。人們走著的時候，都認為腳下絕對不會崩塌吧。陽光照不進地下道裡。然而，曾經看到過的那如光帶般，又有如某種特別的流的物體，好像又出現了。有如隧道的通道中，沿著牆壁的玻璃櫥窗裡貼著百貨公司、主題遊樂園、化妝品、甜點的宣傳海報。往來行人映在玻璃表面，隨即便又消失了。人們不斷交錯而行。可以聽到電車到站、通過、發車的廣播聲。一整排的投幣式寄物櫃，正面畫有北海道的薰衣草田。

上原穿著厚毛風衣，腳上是登山鞋，背著背包，邊喝可樂邊順光帶走著。沒有任何人注意上原。隧道般的地下通道好像分枝似的出現了樓梯，各自通往不同的月台。日光燈的白光將牆壁上的海報凸顯出來。樓梯下面聚集了十多名男女。不知道聚在那裡幹什麼。所有的聲音都已合而為一，雖然聽得到，卻不知道那整體的聲音代表什麼意義。聚集在樓梯下面的男女一齊笑了出來。閃光燈一閃，他們似乎在拍照，好像還把口香糖還是香菸什麼的拿出來大家分。過往行人中，有人邊走邊看手錶。在樓梯上停下腳步，拿著手機講電話的人非常多。

上原將喝乾的可樂罐放在通道的地上，看了好一會兒。若是將那伊普爾毒氣的罐子像這樣放著，大概也沒有人會注意吧，心裡這麼想著。這地下通道裡即使冬天也很溫暖。伊普爾氣會從罐子裡飄出來，瀰漫整個地下道。只要打開罐蓋，放在地上，然後若無其事地離開就好了。事後再回來看看那些身上冒出球形腫脹物的人吧。感覺上，目前在這地下通道中往來的人們似乎也一副看著那種光景的模樣。百貨公司海報上的洋妞對著下方笑著。地下通道兩旁的排水溝裡僅流著少許的水，水面浮著油之類的東西，呈現出彩虹般的色彩。剛走出收票口，地面上畫有大大的箭頭，還有地圖與店名。由此去的字樣配上鞋印的標記。站上去之後，可以看到箭頭方向寫著4分25秒以及天麩羅店的店名。車站裡到處都是箭頭。

走出車站時，霓虹燈已經開始閃爍了。西方的天空還亮著。建築物的窗子反射著霓虹燈與餘暉。左手邊是一排電影廣告板。上面畫著火車、手槍、戴著墨鏡的女人以及額頭淌血的男子。地下道出口附近的廣場上，一名男子正用剃刀割傷自己的手臂；還有個男子正用別針刺進自己的舌頭。他們在地上放了頂帽子，應該是要向過往行人討錢。有人在帽子裡扔了百圓硬幣，也有人操英語之類的語言與用剃刀割傷手臂的男子交談。兩個人似乎都不是日本人。舌頭上插著別針的男子直盯著上原，一面將第四根別針刺下去。一雙像是藍色玻璃珠的眼睛。

在攀爬雜木林山坡時那種緊張情緒的伴隨下，上原在新宿車站前的廣場上走著。會不會有人發現那間綠之工廠中木屑堆裡的屍體呢？棲息在木屑堆中的虫子將球形腫脹物破壞之後，警方還能夠鑑識出那三個人的死因嗎？知道原因出自糜爛性毒氣時，警方會去搜索那混凝土裂縫嗎？不過，應該沒有人會大費周章跑去藏匿化學防護裝的岩盤那裡吧。恐怕沒有任何人會想要攀爬那有如荊棘的倒木樹根吧。任誰也無法想像，會有人翻過那座荊棘山去尋找混凝土裂縫。就算來到那倒木樹根之前，也沒有人找得到攀爬過的痕跡。這是因為，絕大多數的人都想不到，這個世界上竟然有人會做出這種事來。只有極少數的人知道，這個世界上有人必須做出這種事情。請我喝可可亞的那個女人、上野的軍用流出品店店員、瑞窪車站前咖啡廳的女服務生，至少有這三人知道世界上存在著這樣的人，其他人幾乎都不知道。那個ＩＮＴＥＲＢＩＯ的三個人不知道，父母親、哥哥和妹妹也都不知道。

夕陽餘暉完全暗下來之後，共生虫所指示的那條光帶依然沒有消失。就和那小山澗的清水一樣綿綿不絕。人們從車站的地下道出口呈放射狀散布到新宿街頭。母親報警了嗎？如果父親死了，也許會不得不報警吧。警方會如何鎖定特定對象進行追查呢？上原心想。既然ＩＮＴＥＲＢＩＯ那三人已死，就沒有任何人知道上原對野山南．瑞窪公園的防空洞感興趣這件事了。也沒有人想像得到，竟然會有人在那片雜木林中過夜。上原想藏匿在什麼地方都可以。即使走在新宿街頭也不會被任何人發現。只要不回那公寓去應該就不會被任何人發現，上原大概也不會再回那公寓去了。可以存放背包的地方無限多，就算隨身攜帶誰也不會懷疑。走在這條街上的年輕人幾乎個個都帶著背包。去觀察自然生態或登山健行的人眾多，沒有人會覺得奇怪。為了尋找糜爛性毒氣而去購買背包的人，可能一千萬人當中只有一個。

要去哪裡都可以，上原心想。可以上三溫暖中心，可以投宿膠囊旅館，也可以找應召女去色情賓館過夜。還可以去拜訪請喝可可亞的那女人的公寓。若是將伊普爾氣的事情說給上野的軍用流出品店的店員聽，一定會邀我去他那裡住吧。那個瑞窪車站前的女服務生想必也很想聽我把綠之工廠裡所發生的事情仔細說清楚。在他們的住家附近另租一間公寓也不錯。至於坂上美子，在看過那卷錄影帶之後一定很想見見上原吧。要藏匿在哪裡都可以，上原心想。沒有說非住在哪裡不可。野山南・瑞窪公園的雜木林，才只探索了非常小一部分而已。其他的防空洞裡說不定還存放著比伊普爾氣更強的毒氣。幾乎所有的人都沒有化學防護裝，也不知道那種特殊裝備有時候會成為必需品。然而，只要想起在請喝可可亞的那女人的公寓看到的影片就會知道，這個世界上曾經多次發生這種緊急事故，以後也還會突然降臨。那些ＩＮＴＥＲＢＩＯ的傢伙也完全沒有料想到會發生這種意外。

為什麼自己能夠注意到這些事情呢？上原走在廣場連接出來的鋪道上心裡思考著。行人的號誌燈開始閃了。往右手邊看去是販售照相機、電腦、行動電話的大賣場，四周圍著人群。人們或將行動電話拿到耳邊，或看著照相機的觀景窗，或聽著店員解說。可以說所有的人，他們都沒有看到整體。因為一齊交錯而過，每個人都只接收到了一項資訊而已。一個腳踩高跟鞋似乎不太好走路的女子匆匆走在鋪道上。在這個季節，那女子居然還穿著腰部透明可見的衣服。與那女子錯身而過的人，個個都瞄了她的腰部一眼。

因為斷絕不必要的接觸才能夠專注，上原心想。幾乎其他所有的人，都在無謂的人際關係中逐漸弄不清楚自己真正的需要是什麼了。雖然不知道隱居是否正確，但除此之外似乎也別無他法。若是沒有隱居，就不會發生到那女人家去的事情了吧。由於隱居而無法與別人交談，才能夠注意到那女人。若是沒有看過那女人播放的戰爭影片，就不會知道防空洞有多麼重要。這一切是一連串的流。與雜木林中那個小山澗清澈的水流一樣。真實一直在小山谷中靜靜地流著，雖然那流永不停歇，可是要發現那流卻是件非常困難的事情。唯有擁有明確目標的人，在偶然的幫助之下才得以與那流邂逅。一旦能夠掌握住那有如水流般的東西，以後就不會迷失前進的方向了。

裝設在十字路口對面大樓上的巨型螢幕播映出歐洲的城堡，接下來鏡頭轉換到城堡內舉辦的舞會上，正在演奏華爾滋。華爾滋轉瞬間就混進了街頭的嘈雜聲中。上原在行人穿越道前等待交通號誌變綠燈。十字路口上也有無數的箭頭，要為行人指示前進方向。雖然誰也沒看著箭頭，卻會下意識地依照其中之一前進。箭頭已經在不知不覺間深深植入下意識之中了。看電視的時候，與父母兄妹談話的時候，或是單方面聆聽師長或朋友談話的時候，箭頭的號誌就已經種下去了。既無法抗拒，而且一旦植入之後就無法取出了。必須設定程式才能夠解除，只不過誰也不會告訴你應該怎麼做。

人們就這樣順著箭頭邁出步子，與其他人錯身而過。偏離箭頭是件可怕的事。已經為那種人準備好了處罰。不遵從箭頭指示方向的人會成為眾矢之的。行人穿越道對面聚集了大批人。等綠燈一亮，他們就會一齊跨出腳步，與上原交錯而過吧。在交錯的同時互相檢查一處重點。染成金色的頭髮與一旁搖晃的耳環啦、行動電話小螢幕上的符號啦、自己映在別人墨鏡上的側臉啦、毛皮外套上的毛啦，或是手中礦泉水的商標之類的。那些就是讓大家各自依照箭頭向前走的保證，讓人心安。從現在起，自己就暫時藏身在人群中吧，上原心想。該做的事情很多。必須將錄影帶寄給坂上美子，還得製作一張清單，列出需要伊普爾氣的人吧。觀察一陣子情況之後，必須再回那片雜木林才行，也想再去那女人的公寓重看一次那影片。去野山南・瑞窪公園的時候，還必須去找那個咖啡廳的女服務生。總有那麼一天，會將一切都說給那女服務生聽吧。上原想像著坂上美子那上吊的眼睛旁逐漸長出網球那麼大的腫脹物的情景。她一定會大哭大叫吧，不過還是必須教訓她。那是因為妳順從箭頭的指示，自作自受。就像那個叫茂原的男子一樣，坂上美子的眼睛肯定也會被粉紅色的腫脹物塞住。現在，妳的臉上誕生了行星嘍，上原會對坂上美子這麼說吧。只要旁邊沒有人說，自己是看不見腫脹物行星的。

號誌亮起了綠燈。上原與人群交錯而過。霓虹燈與大樓的間隙間，可以清楚看到光帶。光帶中，顯示著共生虫所引導的未來。

後記

村上龍

寫作這部作品的最終章的時候，我想到了希望。寫著小說的最後部分心裡想到這樣的事情，這還是第一次。

現代的日本社會是否已經不需要希望了呢？我這麼想。希望是在負面的狀況下才會需要的東西。換句話說，未來可能會比現在好吧，這種期待與信心即是希望，所以難民營裡的難民或是遭到壓迫被統治的人民才會需要希望。反過來說，主流的支配階層或是獨裁者，就不必去思考什麼希望了吧。兒童需要希望，是因為所有的兒童都是為了未來而活在當下的。

現代的日本社會之所以看起來並不需要希望，理由其實只有一點，就是整個社會並沒有正確掌握現實。若是無法正確掌握現實，就沒有辦法思考未來。

說不定，無論如何都需要社會性希望的時代已經結束了。難道社會應該準備的已經不是分配式的希望，而是各式各樣的安全網了呢？或許，希望已經不是社會該準備好的，而是變成了個人要去發掘的東西，而且都被巧妙地隱藏起來了。換句話說，這是因為充斥著老舊無用的希望，以及偽劣的社會希望的緣故。
隱居的人們，或許是在抗拒偽劣的社會希望也不一定。

國家圖書館出版品預行編目資料

共生虫 / 村上龍著；張致斌譯 .——初版——臺北市：大田，2017.12

面；公分 .——（日文系；047）

ISBN 978-986-179-510-2（平裝）

861.57 106018291

日文系 047

共生虫

村上龍◎著
張致斌◎譯

出版者：大田出版有限公司
台北市 10445 中山北路二段 26 巷 2 號 2 樓
E-mail：titan3@ms22.hinet.net http：//www.titan3.com.tw
編輯部專線：（02）2562-1383 傳眞：（02）2581-8761
【如果您對本書或本出版公司有任何意見，歡迎來電】

總編輯：莊培園
副總編輯：蔡鳳儀 執行編輯：陳顗如
行銷企劃：古家瑄 / 董芸
校對：黃薇霓
印刷：上好印刷股份有限公司（04）2315-0280
二版一刷：2017 年 12 月 01 日 定價：300 元
國際書碼：978-986-179-510-2 CIP：861.57/106018291

總經銷：知己圖書股份有限公司
台北：台北市 106 辛亥路一段 30 號 9 樓
TEL：（02）23672044 / 23672047 FAX：（02）23635741
台中：台中市 407 工業 30 路 1 號
TEL：（04）23595819 FAX：（04）23595493
E-mail：service@morningstar.com.tw
網路書店 http://www.morningstar.com.tw
郵政劃撥 15060393
戶名：知己圖書股份有限公司

KYOSEI-CHU by MURAKAMI Ryu
Copyright © 2000 MURAKAMI Ryu
All rights reserved.
Originally published in Japan by KODANSHA LTD., Tokyo.
Chinese（in complex character only）translation rights arranged with
MURAKAMI Ryu, Japan
through THE SAKI AGENCY and BARDON-CHINESE MEDIA AGENCY.

版權所有 翻印必究
如有破損或裝訂錯誤，請寄回本公司更換
法律顧問：陳思成

From：

地址：

廣　告　回　信
台北郵局登記證
台北廣字第01764號

平　信

To：台北市10445中山區中山北路二段26巷2號2樓

大田出版有限公司　／**編輯部　收**

電話：（02）25621383　傳真：（02）25818761

E-mail：titan3@ms22.hinet.net

意想不到的驚喜小禮等著你！

只要在回函卡背面留下正確的姓名、
E-mail和聯絡地址，並寄回大田出版社，
就有機會得到意想不到的驚喜小禮！
得獎名單每雙月10日，
將公布於大田出版粉絲專頁、
「編輯病」部落格，
請密切注意！

編輯病部落格

大田出版

大田出版 讀者回函

姓　　名：______________________________
性　　別：□男 □女
生　　日：西元______年______月______日
聯絡電話：______________________________
E-mail：______________________________
聯絡地址：______________________________
____

教育程度：□國小 □國中 □高中職 □五專 □大專院校 □大學 □碩士 □博士
職　　業：□學生 □軍公教 □服務業 □金融業 □傳播業 □製造業
□自由業 □農漁牧 □家管□退休 □業務 □ SOHO 族
□其他 ______________________________

本書書名：0713047 共生虫

你從哪裡得知本書消息？
□實體書店 ______________ □網路書店 ______________ □大田 FB 粉絲專頁
□大田電子報 或編輯病部落格 □朋友推薦 □雜誌 □報紙 □喜歡的作家推薦

當初是被本書的什麼部分吸引？
□價格便宜 □內容 □喜歡本書作者 □贈品 □包裝 □設計 □文案
□其他 ______________________________

閱讀嗜好或興趣
□文學 / 小說 □社科 / 史哲 □健康 / 醫療 □科普 □自然 □寵物 □旅遊
□生活 / 娛樂 □心理 / 勵志 □宗教 / 命理 □設計 / 生活雜藝 □財經 / 商管
□語言 / 學習 □親子 / 童書 □圖文 / 插畫 □兩性 / 情慾
□其他 ______________________________

請寫下對本書的建議：

※ 填寫本回函，代表您接受大田出版不定期提供您出版相關資訊，
大田出版編輯部 感謝您！